AF216152

Henrik Woelk

Das Sing-horn

Bibliographische Information der Deutschen Nationalbibliothek:
Die Deutsche Nationalbibliothek verzeichnet diese Publikation
in der Deutschen Nationalbibliografie; detaillierte bibliografische
Daten sind im Internet über http://dnb.dnb.de abrufbar.

© Henrik Woelk 2018
Herstellung und Verlag:
BoD - Books on Demand, Norderstedt

ISBN: 978-3-748180951

Das siebte Weltwunder

Teil I: Die Bibliothek von Alexandria

„Das durch hundert hohe Säulen hochgepumpte
Wasser des Euphrat füllte in diesen Gärten mächtige
Marmorbecken und bildete dann, durch andere
Kanäle zurückgeleitet, unten im Park sechstausend
Fuß lange Wasserfälle und hunderttausend
Springbrunnen von fast unübersehbarer Höhe;"
(Voltaire: „Die Prinzessin von Babylon")

Das Aufsteigen der Sonne

Alexander kannte keine Furcht, die Götter und das Universum waren ihm wohlgesonnen. In der Nacht seiner Geburt wurde der Artemis Tempel von Ephesus von einem Brandstifter, dessen Namen bei mehrfacher Todesstrafe nicht genannt werden darf, niedergebrannt. Später würden die Menschen sagen: „Der Tempel konnte niedergebrannt werden, weil die Göttin nicht anwesend war. Sie war in Makedonien, um bei der Geburt Alexanders Pate zu stehen."
22 Jahre später führte er seine Truppen vor die Ruinen des Artemis Tempel.

Als achtjähriger Junge schaute er zu, wie Männer im Auftrag des Königs Wildpferde einritten. Nur die kräftigsten Tiere waren ausgewählt worden. Das Tier war nicht nur größer als der Mann, sondern ihm auch an Kraft des Körpers weit überlegen. Und es sträubte sich sehr, den Fremden auch nur in seine Nähe zu lassen. Der Mann schien keine Chance gegen das Tier zu haben. Und doch fügte sich am Ende das Pferd, immer wieder, und gehorchte von da an dem kleinsten Zeichen des Reiters, einem sanften Schenkeldruck, einem kaum hörbaren Schnalzen der Zunge. Dies ist die Überlegenheit des Geistes.

Ein Pferd jedoch beugte sich nicht. Es hatte bereits mehrere Männer schwer verletzt. Der achtjährige Alexander beobachtete es genau, sah jede Erweiterung der Nüstern und folgte dem Blick und verstand dann mit einem Mal: Das Pferd kämpfte nicht gegen den Mann. Das Tier scheute vor dem eigenen Schatten, erschrak und trat um sich. All seine Kraft vergeudete es sinnlos und verletzte dabei die Umherstehenden.

In der Nacht schlich Alexander, Sohn des Königs, aus dem Palast und in die Stallungen und blieb im Dunkeln eine Weile stehen. Er hörte das Pferd, spürte, dass es ihn roch und unentschlossen war. Schließlich sagte er leise: „Ich bin ein kleiner Junge. Du musst vor mir keine Angst haben. Ich bin gekommen, um auf dir zu reiten. Ich habe gesehen, dass du sehr stark bist. Aber du hast Angst, du bist nervös. Ich bin ein kleiner Junge, vor mir brauchst du keine Angst zu haben. Es ist dein Schatten, vor dem du Angst hast. Dein Schatten ist ein Teil von dir, er ist kein Gegner und kein anderes Pferd. Fürchte dich nicht, vergeude deine Kraft nicht. Ich bin ein kleiner Junge, ich werde dir deine Angst nehmen. Ich reite mit dir, ich reite mit dir in die Nacht, wo wir unseren Schatten nicht sehen können, obwohl er dennoch immer da ist. Und wenn am Morgen die Sonne aufgeht, wirst du genügend Vertrauen zu mir haben, um deinen Schatten nicht mehr zu fürchten." Alexander lauschte in das Dunkel des Stalls. Das Pferd atmete ruhig und horchte interessiert, es mochte den Klang der Stimme. Dann öffnete der Junge die Stalltür. Er war klein, hatte Mühe und musste sich eines Hilfsmittel bedienen, um überhaupt auf das Pferd steigen zu können. So sehr sich dieses am Tag gegen jeden Mann gewehrt hatte, so ruhig stand es nun. Langsam ritten sie in die Nacht, ohne Eile. Als die Sonne aufging, fürchtete das Pferd seinen Schatten nicht mehr. Sehr viel später, als Erwachsener, sagte Alexander zu einem Freund: „Die Menschen bleiben klein, weil sie ihren Schatten fürchten und ihm aus dem Weg gehen, anstatt sich mit ihm zusammen zu tun."

Alexander hatte, als Sohn eines Königs, die beste Erziehung. Aristoteles war sein persönlicher Lehrer. Aristoteles erklärte ihm den Grundpfeiler seiner Lehre: die Logik. Und er erklärte ihm, dass die Welt, die er für wirklich hielt, ein Produkt seiner Wahrnehmung und seines Denkens war. "Deine Augen und dein Denken erschaffen dir diese Welt, die allein in deinem Kopf existiert." Der kleine Alexander stellte die Frage: "Aber gibt es denn eine Welt außerhalb unserer Köpfe? Gibt es eine Welt, die unsere Sinne zwar nicht wahrnehmen können - jedenfalls nicht, ohne sie zu verändern -, die aber trotzdem da ist?" Aristoteles ließ ihm diese Frage unbeantwortet: "Versuche es selbst heraus zu finden. Ich kann es dir nicht sagen. Benutze die Werkzeuge, die ich dir gelehrt habe, benutze die Logik."

Alexander glaubte an eine absolute Wirklichkeit, auch wenn sie dem menschlichen Geist gemeinhin verborgen blieb. Er nahm an, dass sie ähnlich unbeständig war, wie das menschliche Denken. Er stellte sich diese verborgene Wirklichkeit als etwas vor, dass sich ständig veränderte. Und ähnlich, wie sich der Kapitän eines Segelschiffs Winde aus verschiedenen Richtungen nutzbar machen konnte - wenn er es nur verstand, bei Gegenwind geschickt zu kreuzen -, glaubte Alexander, sich die verschiedenen Winde, die aus der verborgenen Wirklichkeit in sein Leben wehten, nutzbar machen zu können.

Darüber hinaus vermutete Alexander - über die Logik seines Lehrers in jugendlicher Unbedarftheit hinweggehend - richtig, dass es dem Menschen möglich war, einen Wind überhaupt erst zu erzeugen, das Geschick seines Lebens selbst zu lenken. Er konzentrierte seine Bemühungen darauf, diese Fähigkeit zu entwickeln. In der Nacht, als er hinausgegangen war und das Pferd gezähmt hatte, war ihm zum ersten Mal eine Ahnung vermittelt worden, wie das zu tun sei. Von da an trainierte er beständig, die Phantasie der Wirklichkeit vorauszuschicken. Und bald hatte er seine erste magische Fähigkeit erlangt.

Aristoteles versuchte Alexander für die Frage nach der Beschaffenheit der Seele zu interessieren. So waren es in den meisten Unterrichtsstunden die Seele und die Wirklichkeit, an denen sie erprobten, die Mittel der Logik anzuwenden. Der Lehrer Aristoteles bestand immer wieder auf eine exakte Schlussfolgerung, der Weg zur Erkenntnis war ihm wichtiger als das Ergebnis. Der junge Alexander dagegen scheute sich nicht, die ungewissen Zwischenräume mit schnellen Vermutungen anzufüllen. Er hatte die Gabe, richtig zu vermuten. War dies das Entgegenkommen der wohlwollenden Götter? Es war die Intuition, mit der Alexander von Geburt an beschenkt war. Und so formte er seine Vorstellung von der verborgenen Welt weiter. Er nahm an, dass in dieser Welt die Seele zu Hause sei, dass in dieser eigentlichen Welt, bevor unsere Wahrnehmung sie zur Alltagswelt modelliert, alles Seele ist. Und jeder Teil der Seele, der in der angeblich dinglichen Welt war, der in den einzelnen Körpern steckte, konnte leicht mit jedem anderen Seelenteil in anderen Körpern in Verbindung gebracht werden, einfach weil sie im verborgenen Grunde schon längst verbunden waren. Belegen konnte er das mit den Mitteln der Logik nicht. Sein Lehrer lobte ihn für seine vielfältige Phantasie, bestand aber darauf, dass er sich weiter darum bemühen sollte, seine Annahmen zu belegen oder auch zu widerlegen und auch sogar hinzunehmen, dass weder das eine noch das andere möglich sein konnte. Und so trainierte Alexander auch die Mittel der Logik, wenngleich sie nicht seine erste Wahl zu Ergründung der Wirklichkeit waren.

Sein intuitives Wissen brachte ihn weitaus schneller

voran. Er sah mögliche Wege deutlich vor sich. Schon als Kind wusste er jederzeit die nötigen Verbündeten zu finden und entdeckte schnell den Schwachpunkt des Gegners, der ihm dann ausgeliefert war. Später, als kaum Erwachsener, würde er sich die Kraft seiner Gegner nutzbar machen, was er konnte, weil er ihren geheimen Grund verstand: mit einigen würde er sich verbünden, bevor überhaupt eine Schlacht geschlagen werden musste, andere würde er erst besiegen und ihnen dann das Vasallentum anbieten. Gleichzeitig wird er dann wissen, welche Feinde er erbarmungslos zu vernichten hat - und um welche potentiellen Gegner er besser einen großen Bogen macht.

Den Menschen seiner Zeit wird Alexander dann göttlich erscheinen, und vielleicht war er das auch, denn was anders zeichnete die Götter aus, als einen Wissens- und Machtvorsprung vor den Menschen zu haben - addiert mit der Unsterblichkeit. Und so würden dann auch Gerüchte auftauchen und sich schnell weiter verbreiten, dass Alexander der Große nicht nur unbesiegbar, sondern auch unsterblich sei. Aber so weit reichte sein Wissen nicht. Er mochte durch Glück, Fleiß und Einsicht einige magische Fähigkeiten erlangt haben, unsterblich jedoch war er nicht.

Auszug nach Ägypten

Mit neunzehn war Alexander König, und er dachte über die Grenzen Makedoniens hinaus. Mit all seinem Wissen und seinen Ahnungen stellte er ein Heer zusammen für einen Feldzug, wie es noch keinen gegeben hatte. Die Auswahl der Soldaten überließ er den Generälen und ihren Untergebenen, die verstanden mehr davon. Lieber beriet er sich mit den trefflichsten Erfindern, neues Kriegsgerät zu ersinnen. Und den besten Strategen hörte Alexander zu, still, immer überlegend, wie er auf ihre Taktik reagieren würde, wäre er der Gegner - und wie diese Reaktion dann durch einen weiteren Zug wieder unwirksam gemacht werden könnte.

„Dies soll ein Feldzug werden, den die unsterblichen Götter mit Wohlwollen begleiten", sagte er. Sich selbst stellte er die Frage: „Wie muss ein Feldzug sein, damit die Götter ihn mit Wohlwollen begleiten?"

Er liebte Homer - Aristoteles hatte ihm zum Abschied eine Abschrift der Ilias anfertigen lassen - und war überzeugt, dass - wenn es Götter gab - sie den Starken beförderten, ihn noch stärker machten, dem Siegreichen halfen und dem Ruhmreichen den Weg ebneten - solange er ihnen nicht entgegen handelte und keinen ihrer Lieblinge kränkte.

„Ich werde den Göttern huldigen und ihren Lieblingen helfen", schwor er sich. Er wusste, dass das allein nicht reichen würde, denn er bezweifelte, dass die Götter als menschenähnliche Wesen existierten. Und dennoch würde er ihnen huldigen, weil er damit etwas Ungreifbares hinter diesem Bild günstig stimmte. Das war notwendig, die Vorbedingung, „und dann werden die Gelehrten und Künstler mein wahres Heer sein. Die Soldaten, sind der Rammbock, der die Tore der Festungen öffnet. Hinter den Mauern dann beginnt der wahre Feldzug." Und so verpflichtete er die gelehrtesten Männer und begabtesten Kunsthandwerker, sich seinem Feldzug anzuschließen.

Die Klügsten und Gebildetsten von ihnen fragte er: „Welches ist die höchste Errungenschaft der heutigen Menschheit." Die Meinung darüber gingen auseinander. Das Denken, die Sprache, die Schrift nannten alle, die Pyramiden von Gizeh auch. Das unvollendete Grabmal des Halikarnassos hätte es werden können, glaubten einige, der Artemis Tempel von Ephesus wurde genannt, doch der war bereits niedergebrannt. Einige glaubten, es sei der höchste Turm, höher als alles andere, der Turm von Babylon; andere nannten nicht den Turm, sondern die unbezwingbaren Mauern derselben Wüstenstadt oder auch deren wundersame, künstliche Oase, die hängenden Gärten, als das wahre Wunderwerk.

Alexander stimmte jedem Vorschlag zu, er war sicher, all diese Dinge waren Menschenwerk, welches die Götter - sofern es sie gab - erfreuen musste. Der am Tag seiner Geburt niedergebrannte Artemis-Tempel war den Grenzen Makedoniens am nächsten. Also war sein erster Befehl an das neu formierte, riesige Heer, dorthin zu marschieren, um den Tempel wieder aufzubauen und so das Wohlwollen der Götter zu erlangen.

Dort angekommen ließ er die Truppen vor den Ruinen eine Paradeformation einnehmen und bot dem König von Ephesus an, den Tempel wieder aufzubauen. Obwohl dieser den Wiederaufbau mit sehr einfachen Mitteln - die Bürger hatten ihren Schmuck gespendet - bereits begonnen hatte, er nur langsam voran kam und die mächtige Hilfe gut hätte gebrauchen können, lehnte er den Vorschlag Alexanders, dessen Wünsche Befehle waren, mit diplomatischen Geschick ab: „Es ist Sache der Menschen, den Göttern Tempel zu errichten, nicht Sache der Götter." Er fürchtete nichts mehr, als das riesige, fremde Heer über Jahre in seinem Land stehen zu haben.

Alexander der Makedonier musste sich mit dieser Antwort zufrieden geben, denn es würde den Göttern kaum gefallen, wenn er einen anderen von der Ehrerbietung abhalten würde, nur um dann zu tun, was dieser sowieso getan hätte. Also zog mit seinem Heer weiter nach Halikarnassos und ließ dort den gewaltigen Grabtempel des Maussollos fertig stellen.

Er eroberte Ägypten, verbeugte sich vor den Pyramiden, gründete die Stadt Alexandria, und zog mit seinem Heer durch die Wüste zur Oase Siwa, zum Ammon-Orakel. Seine Truppen ließ er im vorgeschriebenen Abstand lagern, den Tempel betrat er, wie die Zeremonie es vorschrieb, allein, ehrfürchtig und stellte, nachdem der Priester ihn als Sohn des Ammon begrüßt hatte, eine Frage: „Gewährt mein Vater mir die Herrschaft über die Welt?" Der Gott antwortete durch den Priester in ungewohnter Eindeutigkeit: „Das tut er, das tut er ganz gewiß." Daraufhin ließ Alexander sich zum Pharao von

Ägypten und Kaiser von Asien krönen und zog in Richtung Sonnenaufgang, dorthin, woher das Licht kam, um mit seinem Heer bis zum östlichen Ende der Welt vorzudringen.

Eroberung der Welt

Die Tore des als unbezwingbar geltenden Babylons öffnen sich ihm kampflos. Er flaniert auf den Mauern Babylons, die so groß und breit waren, dass sie später einmal als eines der sieben Weltwunder bezeichnet werden würden. Vierspannige Pferdewagen konnten gleichzeitig in entgegengesetzter Richtung auf ihnen fahren. Die schönen Babylonierinnen warfen den staunend auf diesem monumentalen Bauwerk spazierenden makedonischen Soldaten ermunternde Blicke zu.

Der Turm von Babylon war vor seinem Eintreffen eingestürzt. Alexander fühlte eine Verbundenheit mit dem Streben Babylons. Er befahl, den Turm wieder aufzubauen. Aber er verweilte nicht, sondern zog weiter, Richtung Osten, dem Ruf seiner Ahnungen folgend.

Jeden besiegte er, Liebling der Götter, Sohn des einen Gottes, spielerisch, die meisten unterlegenen Herrscher bindet er freundlich in sein immer schneller wachsendes Reich ein. Persepolis jedoch ließ er niederbrennen, als Antwort der Götter auf die Zerstörung der Akropolis.

Und auch hier hielt er nicht inne, sondern zog weiter, immer in Richtung Osten, nun in vollkommen unbekanntes Land.

Wo denn waren die Sirenen? Wo waren die Riesen und

Zyklopen? Wo denn waren all die Wunderwesen? Er würde immer weiter gehen, bis er die Wunder mit eigenen Augen zu sehen bekäme, er wollte die Götter sprechen hören und würde nicht halt machen, außer vielleicht am Ende der Welt selbst. Seine Liebe zu Homer trieb ihn an. Die Abschrift der Ilias lag jede Nacht unter seinem Kissen, zusammen mit einem Schwert. Seine Reise hatte ihn schon viel weiter gebracht, als die Helden jemals gegangen waren. Wo denn waren die Götter, die sich in Menschengestalt unter das Volk mischten? War nicht der Blick dieser mageren Frau am Wegesrand seltsam vertraut? Wo denn waren die Sirenen. All ihre Gesänge wollte er hören, und wären sie noch so lieblich, er würde die Ohren nicht verschließen. Er nicht. Lange schon fuhr er auf keinem Boot mehr, er ging über Land, inmitten der größten Armee der Welt, er war ihr Anführer. Er war der Herrscher der Welt, der Sohn des einen Gottes, er brachte das Himmelsreich zu den Menschen.

Tagsüber ließ er manchmal den Sattel von seinem Pferd abnehmen. Nicht nur, weil das Mühsal und der Schmerz ihn das Leben spüren ließen, sondern auch, weil er dann wieder der kleine Junge war, der das erste Mal in einer Nacht, die nur ihm gehörte, auf diesem Pferd geritten war. Dann war er fast eins mit seinem Pferd, ihre beiden Schatten ritten als ein einziger, und sie saugten sich voll mit dieser Kraft, die nicht vom Himmel kam und die doch auch die seine war.

Nachts ließ er sich Übersetzungen der Schriften der neuen Völker vortragen. Wenn er einen anderen Zug in den Gesichtern entdeckte, ließ er halten, das Lager aufschlagen und holte die Frau zu sich, die ihm aufgefallen war.

Die Schreiber, Bildhauer, Gelehrten und Künstler hatten ihre Verwendung, aber die Eigenart der anderen Völker schien sich ihm am direktesten im sexuellen Akt und den Momenten danach zu erschließen: worüber sie, die Herbeibefohlene, erschrak, wo sie widerstrebte, sich sogar gänzlich widersetzte, oder wie sie sich ergeben, erst honigsüß, dann animalisch lustvoll hingab, und was sie im anderen Moment zum plötzlichen Lachen brachte, offenbarte ihm zwischen zwei Wimpernschlägen weite Facetten des Weltverständnisses der Menschen jener Gegenden. Wenn er später entspannt auf dem Lager ruhte und noch immer nicht schlafen konnte, ließ er sich Übersetzungen ein zweites Mal vortragen und verstand sie sogleich viel besser. Morgens stand er vor der Sonne auf. Einige seiner Männer glaubten, er schlafe nie. Wozu auch sollte er schlafen? Er war ein Gott. Er war Alexander der Große.

Er selbst wusste, dass er kein Gott war. Schon der Gedanke, dass er ein Mann sei, kam ihm seltsam vor. „Ich bin doch noch immer ein Junge!", dachte er. „Vielleicht ist die Wahrheit, dass es keine Götter gibt. Dies zu erkennen macht mich zu einem unabhängigen und allein entscheidenden Menschen - in den Augen des abergläubischen Volkes zu einem Gott." Sollten die anderen ihn ruhig für den großen Anführer, Kaiser und Gott halten, das machte es ihm einfacher, sich seinen Traum zu erfüllen. „Weiter!", befahl er, „Immer weiter!"

Und auch wenn er kein Gott war, hatte er doch eine ganze Reihe besonderer Gaben: Die Seele eines anderen Menschen erkannte er mit einem flüchtigen Blick, im Vorüberreiten.

Er wollte dahin, wo die Menschen anders waren, wo die Wesen andere waren. Die Pflanzen, die Bäume glitten vorüber. Die Vegetation war so üppig geworden. Doch sooft er auch halten ließ und so viele Frauen er auch in sein Zelt holte und wie viele Schriften er auch zu ergründen suchte: die Menschen waren alle gleich. Natürlich gab es Unterschiede, graduelle, ein etwas anderes Aussehen, die ein oder andere schwer verständliche Gewohnheit; alles kaum der Rede wert. Innerhalb seines eigenen Heeres waren die Unterschiede auch nicht kleiner. Und kleine, große, dumme, kluge, fröhlich und schwermütige Menschen gab es überall. Es gab fast keine Unterschiede, und das enttäuschte ihn sehr. „Weiter! Immer weiter!"

Seine Intuition war außergewöhnlich, aber nicht unfehlbar. Er wusste, dass er sich irren konnte. Ihm war klar, dass er Gefahr lief, wichtige Feinheiten zu übersehen, weil er zu schnell voranschritt. Aber davon konnte er sich nicht aufhalten lassen. Er war ein altes Wesen, er sah die Welt mit den großen Augen. Der Weg musste bereitet werden, und die Zeit drängte. Um die Feinheiten mochten sich später andere kümmern.

Als er allein in den Nachthimmel schaute, dachte er: „Ich bin jung und ungeduldig, ich lasse mir nicht genügend Zeit, ich werde von Äußerlichkeiten abgelenkt, der schnelle Erfolg hindert mich daran, tiefer in das Ganze einzudringen, die Wechselhaftigkeit des Seins zu bedenken. Aber ich habe keine Wahl. Ich muss weiter."

Doch dann änderte sich das Land, die Vegetation, das Klima, und da waren diese Tiere, diese riesigen Tiere mit den listigen Augen. Sie ließen ihn sich verlangsamen. Dies waren die Elefanten. Diese großen Seelen außerhalb eines Menschen gab es auch.

In Wirklichkeit hatte die Welt sich schon weit vorher verändert, doch das war im Verborgenen geschehen, von allen und auch von Alexander übersehen worden. Konstant blieb sein Befehl, über Jahre: „Weiter, nur immer weiter!"

Doch irgendwann streikte sein Herr. Sie konnten nicht mehr. Tropische Hitze und die Krankheit, die mit den Stechmücken kam, hatten sie dezimiert und ausgedörrt. Die Zyklopen schleuderten ihre Steine unsichtbar. Ohne seine Männer konnte er nicht weiter. So viel mehr erhoffte er sich noch. Sein geliebtes Pferd starb. Und dann geschah das Undenkbare: Eine Mücke stach ihn.

Alexander befindet sich allein in einem tiefen Wald, der

nicht ist, ruft: „Wo denn seid ihr Götter, kommt hervor!"
Zu sich selbst denkt er: „Sie werden nicht kommen. Sie
werden sich nicht zeigen. Sie werden sich nicht zeigen,
weil es sie nicht gibt. Die Götter sind eine Erfindung der
Dichter, Bildhauer und Maler." Er hält in seinen Gedanken inne und lauscht dem monotonen Schrei eines Tieres
in der Dunkelheit. „Das könnte ein affenähnliches Tier
sein, vielleicht auch ein Vogel, sogar ein großes Insekt.
Die Dichter haben etwas gemeint. Sie haben die Götter
erfunden, weil sie versuchten, etwas in Worte zu bringen, das sich mit der Sprache nicht fassen läßt. Sie haben
die Götter erfunden, um uns etwas anzudeuten. Es gibt
eine höhere Ordnung, die sich dem menschlichen Denken, dem menschlichen Verstehen entzieht, weil der
Geist der Menschen zu klein ist, um bis dahin zu reichen.
Aber diese höhere Ordnung ist dennoch da, und wir, ihr
Spielball, scheinbar." Alexander läßt den Wald ver-
schwinden und sitzt wieder in seinem Herrscherzelt. „Einigen von uns sind sie teilhaftig." Das Zelt weicht
zurück, er steht in einer tiefen Schlucht: „Und doch bin
ich kein Gott." Er lacht: „Ein Junge nur." Alexander
setzt sich auf den Boden, er wirkt jetzt sehr klein, das
Licht eines aufsteigenden Gestirns wirft ihm einen beständig anwachsenden Schatten: „Und weil ich das weiß,
vermag ich zu herrschen. Es gibt keine Götter, ich bin
kein Gott. Das weiß ich, die anderen wissen es nicht, so
kann ich herrschen. Ich bin kein Spielball der höheren
Ordnung. Ich bin ein Teil von ihr. Weil ich sie erkennen
kann, vermag ich den Anschein zu erwecken, zu lenken.

Sollen die anderen mich ruhig für einen Kaiser und Gott halten, das macht es leichter.

„Mögen die Steine vor meinen Gedanken auch zurückweichen, ich habe dadurch nicht weniger Recht!" Er lacht, amüsiert durch einen kleinen Gedanken: „Und die Menschen werden mir dafür erst Recht folgen." Die Felsen der Schlucht lösen sich vollständig auf. Ohne darüber nachgedacht zu haben, hatte Alexander angenommen, sich nach der Schlucht in seinem Zelt wiederzufinden. Doch da ist kein Zelt. Da ist nichts. Das Nichts ist nicht lange. Es ist keine Zeit. Dann endlich eine Stimme. Kommt sie von außen? „Was ist außen?" Alexander hat keinen Körper mehr. Die Stimme spricht deutlich: „Du hast dein Ziel erreicht. Kehre um!" Augenblicklich ist Alexanders Geist hellwach: „Wer bist du? Welches ist das Ziel?" Die Stimme antwortet: „Das Ziel kannst du nicht erkennen. Du hast es erreicht. Ich bin ein Engel. Ich bin dein Daimon."

Zutiefst überrascht schweigt Alexander eine Weile. Dies ist die Art Begegnung, auf die er solange schon gehofft hatte. „Was soll ich tun?" „Kehre um. Das Ziel wird sich allmählich entfalten. Du wirst es nicht erleben. Dein Leben ändert sich, endet bald. Du wirst die Entfaltung des von dir erreichten Ziels nicht mehr erleben, dein Leben ist zu kurz, aber ich versichere dir: Du hast es erreicht. Ich bin dein Daimon."

Alexander spürt Glück, von dem Erreichen des Zieles, auch wenn er es nicht erkennt. Dann besinnt er sich und tritt in Verhandlung: „Ich will nicht sterben. Ich will an dem Ziel teilhaben. Ich will es selbst entfalten." Der Daimon erwidert: „Es braucht eine lange Zeit. Du aber stirbst schon bald." Alexander gibt nicht auf: „Ich bin kein Gott. Ich bin kein Kaiser. Ich bin kein Spielball. Ich bin ein Teil des Ganzen. Lass mich an der Entfaltung des Ziels teilhaben!" Der Daimon schweigt, als ob er überlege und erwidert: „Du bist ein Teil des Ganzen? Wenn du es so siehst, kann ich es dir gewähren. Vorausgesetzt du verzichtest auf die Krone, deine Armee, den Ruhm, deinen Reichtum und dieses Leben." Nun zögert Alexander einen Moment: „Auch auf das Leben?" „Auf dieses Leben." Alexander versteht und willigt ein. Die Stimme spricht: „Du wirst bald sterben. Ich besorge dir ein anderes Leben. Mit dem anderen Leben wirst du die Früchte deines Feldzugs, das Ziel, ernten. Doch du wirst kein Kaiser sein. Kein Heer steht hinter dir und keine Reichtümer wirst du besitzen. Aber dennoch musst du dich nicht sorgen. Ich werde dich behüten. Ich tue das für dich, weil du wahrhaftig groß bist. Du wirst dein anderes Leben mögen. Du bist der Glückliche. Ich bin ein Engel, ich bin dein Daimon."

Dann war er doch im Zelt, das Fieber war sehr hoch, die Ärzte kämpften um sein Leben. An diesem Tag gewannen sie noch einmal.

Rückkehr nach Babylon

Als Alexander einige Tage später wieder bei Kräften war, rief er Ptolemaios, seinen vertrautesten General, zu sich. Ptolemaios: „Meine Soldaten sind keine Soldaten mehr.

Es sind nicht mehr die Männer, mit denen wir aufgebrochen sind. Sie sind zu lange schon unterwegs. Sie haben zuviele Schlachten gewonnen. Nach jeder noch so ruhmreichen Schlacht, folgte nur der nächste Kampf. Es hört niemals auf, es kommt zu keinem Ende. Die meisten Männer sind tot, nicht in der Schlacht gefallen, sondern von unbekannten Krankheiten zermergelt. Die Verbliebenden sind Schatten ihrer selbst. In ihren Augen ist der ungesunde Glanz der Besessenen. Sie sprechen am helllichten Tag mit ihren gestorbenen Kameraden und ihren Frauen, die sie zurückließen. Dieses Land ist anders, es macht etwas mit deinem Heer. Es kann nicht weiter. Sie erzählen sich, der Weg würde direkt in eine unbekannte Unterwelt führen."

Alexander unterbrach ihn: „Das glaube ich nicht." Er schwieg einen Moment und fuhr dann fort: „Aber ja, dieses Land ist anders, und ja, es macht etwas mit uns. Ist das nicht erfreulich? Das Wirken dieses Landes ist etwas ganz Neues. Und hinter diesem Land sind sicher noch andere Länder. Ich wüßte so gern, was alles da noch ist!" Alexander schaute gedankenverloren ins Leere.

General Ptolemaios zögerte, etwas zu erwidern. Jenes strategische Problem, dass ein Reich sich nicht unendlich ausdehnen läßt ohne eine verläßlich große Armee, welche die Schlüsselsiedlungen absichert und die Nachschubwege freihält, hatte er in den letzten Monaten schon mehrfach mit seinem Feldherrn erörtert. Alexander hatte immer einen Weg gefunden, die eroberten Gebiete mit nur sehr wenig Mann, die er zurückließ, abzusichern, meist indem er die besiegten Herrscher zu Verbündeten machte und sie als Statthalter wieder einsetzte. Eine zeitlang mochte das gut gehen. Aber das ganze Reich, dass sie in so kurzer Zeit neu erobert hatten und immer weiter nach Osten ausdehnten, bis sie nun hier standen, in einer Ferne, die vor ihnen noch nie einer erreicht hatte, war ein wackliges Kartengebäude. Eine kleine Verwerfung, ein Aufruhr, könnte alles zum Einsturz bringen. Würde ein Statthalter den Aufstand gut geplant durchführen, wäre der Weg zurück in die Heimat abgeschnitten und müsste erneut im Krieg geebnet werden. Aber mit diesem Heer? Mit diesen halbverrückten, kranken Soldaten? Dies war nicht mehr das Heer, mit dem sie gekommen waren. Der General ließ das unausgesprochen und Alexander kehrte aus seinen Gedanken zurück: „Ich bin nicht zu diesem Feldzug aufgebrochen, um mein Reich immer weiter zu vergrößern. Ich bin über die Grenzen der bekannten Welt hinausgezogen, um mich in die Reihe der Helden einzureihen und sie zu übertreffen." Er deutete auf Homers Ilias, Verse, die auf dem Tisch lagen. „Ich, Liebling der Götter, bin mit meinem Heer immer weiter gegangen, um nicht nur das nächtliche Flüstern der Götter zu hören, sondern um irgendwann den Wesen, welche die Dichter uns nur andeuteten, gegenüber zu stehen." Er machte eine Pause, auch Ptolemaios schwieg, er dachte nicht daran, seinen Kaiser in diesem Gedanken zu unterbrechen; zu recht, denn Alexander sprach weiter, etwas ungeordnet: „Gestern bin ich den Göttern begegnet. Sie standen mir gegenüber, und wir haben in aller Ruhe miteinander geredet. Vielleicht waren es nicht die Götter. Nicht die Götter, wie wir sie uns vorgestellt haben. Vielleicht haben sie mir nicht gegenüber gestanden, wie sollte ich das wissen, sie hatten keine Gestalt. Auch ich hatte keinen Körper. Ich sage: Es waren die Götter und sie haben mir gegenüber gestanden. Ich sage das so, weil es dem Geschehenen am nächsten kommt. Es war ein höheres Wesen, und es hat mit mir gesprochen, in aller Deutlichkeit. Es war nicht in diesem Lager, es war nicht im Wachen, es war nicht im Traum. Ich weiß nicht, wo es war. Sollte ich raten, würde ich vermuten: es war in einem tiefen Wald. Doch das kann ich nicht genau erinnern. Ich weiß nur, es waren die Götter, wenn ich es so ausdrücke, ist es am Verständlichsten. Frage mich nicht, welche Götter, ich kann es nicht sagen, sind es die uns bekannten, ich weiß es nicht, wie sollte ich auch, ich habe sie niemals zuvor erblickt. Aber sind die Götter, es ist etwas Höheres, als wir es sind, und nur das zählt. Wir haben in großer Ruhe geredet. Sie haben mir Dinge erzählt, die so gut klangen. So großartig, so kaum vorstellbar. Und sie haben mir gesagt, was ich tun kann und erreichen werde, schon erreicht habe. Ja, ich habe die Helden bereits übertroffen. Sie haben gesagt, ich soll umkehren. Das eigentliche Werk ist noch zu tun, später, nicht im Osten, an unserem Meer. Sie sagen, ich habe mein Ziel bereits erreicht, ich soll umkehren."

Ptolemaios: „Das heißt wir kehren um?"

Alexander hatte den General nicht gehört, er ist noch in seinen eigenen Gedanken: „Es ist seltsam, ich spüre es gar nicht. Ich hatte gedacht, ich wüßte, wenn das Ziel erreicht ist, und es würde sich unglaublich schön anfühlen. Aber ich bin hier, irgendwo, habe viele Schlachten geschlagen, meine Neugierde ist unbezähmt, und ich würde so gern noch weiter. Aber ich habe das Ziel bereits erreicht. Ich habe geglaubt, es würde sich anders anfühlen." Er sah den General an und erinnerte sich, dass dieser eine Frage gestellt hatte: „Ja mein General, wir werden umkehren. Ich bin seltsam betrübt deswegen, aber wir werden umkehren. Eine Weile ruhen wir uns hier noch aus, der Rückweg will wohl geplant sein, und die Männer müssen zu neuen Kräften kommen. Aber wir werden umkehren. Vorher jedoch will ich mich gründlich mit den Gelehrten beraten. Der Rückweg will so gut wie möglich gemacht werden. Das ganze Wissen an dem wir vorüber geeilt sind, muss zusammengeführt und entschlüsselt werden." Und nachdenklich, mehr zu sich selbst, fügte er hinzu: „Das wird mehr als ein Menschenleben dauern. Könnte ich doch nur weiter!"

Schon wenige Tage später sprach Alexander mit den Gelehrten und Generälen: "Wir werden umkehren. Wir werden dazu einen sorgfältigen Plan ausarbeiten müssen. Ich habe euch zusammengerufen, um Folgendes zu beraten: Auf welchem Weg gehen wir am Besten zurück? Wie sichern wir das dabei eroberte Reich am Besten ab, damit es erhalten bleibt? Von wo aus wird das

Reich verwaltet, welches soll die Hauptstadt werden? Wie führen wir das ungeheure Wissen, dass in diesem Reich existiert, so zusammen, dass es künftigen Generationen erhalten bleibt? Sagt mir frei heraus eure Meinungen, auch wenn sie noch unausgegoren scheinen. Zögert nicht, auch die Ideen auszusprechen, die euch sogar dumm erscheinen. Oft sind es Fehler, die den Weg zu wahrhaft Neuem bereiten."

Die Befehlshaber und Gelehrten waren schon seit Jahren mit Alexander unterwegs, und auch wenn er dem Volk ein Gott war, hatten sie doch keine Scheu, von Mann zu Mann zu ihm zu sprechen.

Die Generäle waren sich einig, dass die Absicherung des Reiches eine fortwährende strategische Herausforderung bedeutete. Der Rückweg selbst schien dabei das kleinere Problem zu sein, alle Völker waren gerade erst unterworfen. Aus Vorsicht einerseits und aus Neugierde Alexanders andererseits, kristallisierte sich schließlich die Idee heraus, die Armee zu teilen und auf zwei unterschiedlichen Wegen den Rückweg anzutreten. So konnten einerseits noch Gegenden an der Peripherie in Augenschein genommen werden, wo vielleicht das ein oder andere Interessante übersehen worden war; und andererseits konnte bei einer überraschenden Bedrängnis immer noch ein Heeresteil dem anderen zur Hilfe kommen.

Das Wissen zu speichern wäre langwieriger, am Ende ein ewiger Prozeß. Übersetzungen mussten angefertigt und weitere Sprachen erlernt werden. Eine Auswahl von Gelehrten aus den Ländern würde sie zurück begleiten müssen, nur so war das möglich. Aber zurück wohin? Nach Makedonien?

Makedonien war zwar ihrer aller Heimat, aber nun lag es an der Außengrenze des neuen Reiches. Schließlich sprach Alexander sich gegen Makedonien aus. Ein neues Reich, das neue Reich der Welt, das Weltreich der Menschen, brauchte eine neues Zentrum, eine neue Hauptstadt. Makedonien war zu provinziell. Ägypten schien ihm geeignet, wo schon die Pyramiden vom direkten Kontakt zu den Göttern zeugten. Diese am Anfang des Feldzuges von ihm gegründete Stadt in Ägypten, Alexandria am Mittelmeer, natürlich benannt nach ihm, dem größten Herrscher aller Zeiten, eine Stadt mit Zugang zum Meer, einem Hafen für die Flotten der Kaufleute und um die Soldaten zu verschiffen.

Sobald dieser Fixpunkt gesetzt war, wuchs die Idee schnell weiter. Das Wissen war lebendig, aber es sollte seinen Anker haben in einer Bibliothek, der größten Bibliothek der Menschheit, der Bibliothek aller Kulturen, eine lebendige Bibliothek, die gleichzeitig auch ein Tempel sein würde, eine Bibliothek, die alles enthält, was die Musen und Götter den Menschen jemals haben zukommen lassen. Eine Bibliothek, die das Gedächtnis der Menschheit an alle Begegnungen mit den Göttern sein sollte. Die ganze Runde, selbst die Generäle, waren in dieser Nacht euphorisiert von der Idee. Und Alexander spürte nun endlich: das war das Ziel. Eine Bibliothek, die das Mausoleum von Halikarnassos, die Mauern von Babylon, den Turm von Babylon und den Artemis Tempel von Ephesus übertreffen würde, eine Bibliothek, die gleichrangig mit den Pyramiden von Gizeh sein würde.

In den nächsten Tagen und Wochen wurden Detailfragen des Rückwegs beraten, während Stadtplaner und Architekten bereits an den Entwürfen für die Weiterentwicklung von Alexandria in Ägypten begannen.

Am Ende setzte sich eine halbverrückte Außenseiteridee durch, um die Absicherung des Reiches voran zu bringen: in einem zentralen und gleichzeitig schwierigem Gebiet, einem Reich, in dem die Heereskunst weit voran geschritten war, sollte eine Massenhochzeit der Soldaten mit den dortigen Frauen stattfinden. So würden die Völker vermischt werden und ein neues, verlässliches Volk würde entstehen, dass schon in einer folgenden Generation ein Grundpfeiler des Reiches sein sollte. Außerdem würde es den vielen haltlosen Soldaten gut tun, in ein Familienleben eingebunden zu werden. Die, welche dort heirateten, würden auch dort bleiben und die neue Adelskaste hervorbringen.
In der Nacht, bevor sie den Rückweg antraten, dachte Alexander: „Ich kehre nun doch um. Ich habe die Elefanten, nur die Elefanten, immerhin die Elefanten. Ich kehre nicht mit leeren Händen zurück."

Als sie Monate später wieder Babylon erreichten, hatte er das Gefühl, in die Heimat zurück zu kommen, innehalten zu können. Doch nach nur wenigen Tagen der Erleichterung war das Fieber, welches von der Mücke kam und dem schon soviele Soldaten zum Opfer gefallen waren, und gegen das keiner der Ärzte der verschiedenen Länder ein verläßliches Mittel wusste, wieder da.

Und erneut ist Alexander in dem vielleicht Wald, und es sind nicht die Götter: "Ich bin dein Daimon, ich bin ein Engel." Und Alexander vertraut ihm alles an, all sein Wünsche und Absichten. "Ich bin ein Engel, ich kann die Zukunft sehen. Die Bibliothek wird errichtet werden, und es wird die bedeutendste aller Zeiten werden. Und das Wissen der Menschheit wird anwachsen, zu einem noch unvorstellbaren Ausmaß. Doch gleichzeitig wird es immer die Ignoranz und Dummheit geben. Die Bibliothek wird errichtet werden, du aber, Alexander, wirst es schon nicht mehr erleben, dein Leben endet hier." Alexanders Verzweiflung in diesem Fieber ist grenzenlos. "Ich bin dein Daimon, ich bin ein Engel. Ich stehe zu meinem Wort, ich bereite dir einen Weg. Nach deinem Tod warten wir eine Weile gemeinsam, bis wir eine geeignete Person mit den nötigen Voraussetzungen finden, die dem Tod geweiht ist. Dann wirst du seine Stelle einnehmen. Das Leben dieses Menschen wird dann nicht enden, sich aber um 180 Grad wenden. Die Vereinigung des ganzen Wissens wird einen neuen Keim hervorbringen. Wir werden es tun. Ich bin dein Daimon."

Sobald das Fieber zurückgegangen war, macht Alexander Babylon zur vorläufigen Hauptstadt des neuen Reiches. Er verwarf den ursprünglichen Plan, schnellstmöglich nach Alexandria zu reisen und dem Bau des Bibliothekstempels selbst beizuwohnen. Er begnügte sich damit, Ptolemaios mit einem Teil des Heeres sowie Architekten und Gelehrten mit detaillierten Aufträgen vorauszuschicken und einen regelmäßigen Botenverkehr zwischen Babylon und Alexandria zu etablieren. Solange dieses Leben noch andauerte, würde er die Welt von Babylon aus beherrschen. Und wenn er der Errichtung des Bibliothekentempels, dem Gedächtnis der Menschheit, nicht beiwohnen konnte, würde er sich eben an der Wiedererrichtung des Turms von Babel erfreuen. Doch soweit kam es nicht mehr. Nur wenige Monate später, bei einem weiteren Fieberschub, starb Alexander der Makedonier.

Zu diesem Zeitpunkt war Zenon von Kition, Sohn eines phönizischen Kaufmanns, ein zehnjähriger Junge. Und er ahnte nicht im Geringsten, dass er jene zweite Lebenshälfte führen würde, welche die Götter Alexander vorenthalten hatten.

Teil II. Zenon von Kition

„Wenn es nur eine Erde gibt für alles Irdische,
ein Licht für alles, was sehen kann,
und eine Luft für alles, was atmen kann,
so ist es auch nur ein Geist, der unter
sämtlichen Vernunftwesen verteilt ist"
(Kaiser Mark Aurel)

Nun war es so, dass Zenon sich nicht sehr für den Kaufmannsberuf seines Vaters begeistern konnte. Als Sohn des erfolgreichen Phöniziers war es dennoch die unausweichliche Aufgabe in seinem Leben, die Handelstätigkeit seiner Familie früher oder später fortzuführen. In Zenon war mehr das schwärmerische und verträumte Blut seiner Mutter; er mochte es, wenn das Schiff bei leichtem Wind und gutem Wetter durch das klare Meer glitt und von Fischschwärmen begleitet wurde. Wer in einem Schwarm veranlasst den Weg?

Von seiner letzten Reise hatte der Vater ihm eine Schrift von Sokrates mitgebracht, jenem Denker, der in Griechenland noch heute, 100 Jahre nach seinem Tod, nicht unumstritten doch unausweichlich war.

Von dem Augenblick an, da Zenon die ersten Zeilen gelesen, noch einmal gelesen, und dann verstanden hatte, welche ungeheuerlich eindeutige Wahrheit da glasklar ausgebreitet stand, war er elektrisiert. Nichts wünschte er sich mehr, als so wie Sokrates zu sein, in seine Fußstapfen zu treten, sein Werk fortzuführen und zu wissen, endlich zu wissen, damit er nicht mehr nur von einer Ahnung zur nächsten vagen Unbestimmtheit durch sein verschwommenes Leben wanken müsste. Und er bedrängte seinen Vater mit Fragen über den Ursprung des Textes, den Verfasser, sein weiteres Werk und die Entwicklungen nach ihm.

Sein Vater hatte die Schrift als Dreingabe zu einem Rabatt bekommen, weil der andere nicht mehr Münzen zu geben in der Lage gewesen war. Er wusste ungefähr um ihren Inhalt, interessierte sich aber nur am Rande dafür, eben genug um abschätzen zu können, was in der Welt vor sich gehe und in welche Richtung sie sich wohl entwickeln werde. Aber er verstand es, sein Halbwissen zu nutzen, um seinen Sohn für eine Handelsreise über Land in den Osten, zu den noch neuen, ebenso vielversprechenden wie unsicheren Märkten zu begeistern: „Sokrates war der Lehrer von Platon. Platon war der Lehrer von Aristoteles. Und Aristoteles war der Lehrer von Alexander dem Großen. Und Alexander der Große, der vor vier Jahren gestorben ist, als du 10 Jahre alt warst, hat sein Heer weit, weit in den Osten geführt und sein Reich über die ganze Welt ausgebreitet. Er war zum Feldherrn bestimmt, doch wie du begeisterte er sich für das Wissen, und er versuchte es überall zu finden. Sein Heer war groß und mächtig, die Zahl seiner Soldaten zahlreich und seine Kriegsführung von göttlicher Genialität. Doch seine wahre Armee marschierte hinter den Soldaten: die Gelehrten und Kaufleute. Der Austausch von Wissen und Waren sind sein tatsächlicher Sieg. Und an uns, den Kaufleuten ist es, die schmalen Handelswege auszubauen und am Leben zu erhalten. Wenn ich im nächsten Monat zu der langen und gefährlichen Reise über Land nach Taxila aufbreche, dann reise ich auf den Spuren Alexander des Großen, der diese unvorstellbare Route geschaffen hat. Und ich möchte, dass du mich begleitest!"

Zenon, der noch niemals mehr als einen halben Tagesritt im Landesinneren gewesen war, willigte voller Freude ein. Die Gefahren einer solchen Reise scheute er nicht.

Vier Monate später schon gastierten sie in einer Handelsniederlassung unweit von Taxila. Sie hatten eine schwierige Reise hinter sich und um die Gesundheit seines Vaters stand es nicht zum Besten. Er war von einem noch nicht vollständig ausgeheilten, unbekannten Fieber geschwächt, und die Tag und Nacht andauernde Hitze war schwer erträglich. Sie hatten sich in einer soliden Unterkunft einquartiert und gedachten, mindestens eine Woche hier auszuruhen, bevor die endgültige Warenübernahme auszuhandeln und die Rückreise anzutreten wäre.

Für Zenon war der Zwangsaufenthalt ein Geschenk. Er fühlte ich in einem Land voller Wunder: die Menschen sahen anders aus, kleideten sich anders und kaum jemand sprach eine Sprache, die er auch nur halbwegs verstehen konnte. Es gab Pflanzen, Blumen und Tiere, die er noch niemals gesehen hatte. Das Erstaunlichste von ihnen war viermal größer als ein ausgewachsener Ochse, hatte zwei Stoßzähne, die länger als die Arme eines Menschen waren und eine lange, schlauchartige Nase, die es fast wie eine Hand benutzte. Diese furchteinflössenden Wesen war meist sanft wie eine Kuh, nur dass ihre Augen kleiner und sehr viel listiger waren. Doch wurde es wütend, war seine Raserei grösser als die einer trächtigen Wildsau, einer Wildsau von zwanzigfacher Grösse, die alles zermalmte, was sich ihr in den Weg stellte. Wo auch immer Zenon ging und sich umsah, gab es neue Wunder.

An einem frühen Morgen, als sein Vater noch schlief, standen zehn Männer mit kahl geschorenem Kopf und orange eingefärbten Togen vor dem Haus, standen da nur und hielten jeder einen Topf oder eine Schale in der Hand. „Das sind Schüler des Vollständig Erwachten", erklärte sein Gastgeber Zenon, „manchmal kommen sie am Morgen hierher, und betteln um Essen." Der junge Zenon sah die Männer nachdenklich aus dem Inneren des Hauses an. Sie sahen nicht aus wie die Bettler, die er aus seiner Heimatstadt kannte. Die waren vernachlässigt und bemitleidenswert und hatten mitunter einen verschlagenen Ausdruck im Gesicht, der einen verstehen liess, warum sie glücklos in der Gosse lebten. Diese Männer sahen gesund aus, klaren Geistes und sogar würdevoll. „Warte hier, ich will ihnen etwas geben." Und überrascht sah Zenon, dass der Hausherr einige der besten Speisen auf eine grosse, flache Schale lud, damit hinausging, vor den Männern niederkniete, dass Essen in ihre Töpfe verteilte und demütig einige Worte mit ihnen wechselte. Danach gingen die Männer in den orangenen

Togen weiter, ohne auch nur ein Wort des Dankes gesprochen zu haben. Zenon konnte es gar nicht glauben, dass ihr Gastgeber, ein geachteter Mann, vor diesen Bettlern auf die Knie gesunken war. Als der wieder ins Haus kam, sah er die Verwirrung in Zenons Gesicht und lachte: „Es sind keine gewöhnlichen Bettler. Es sind Mönche einer neuen Ordensgemeinschaft, die aus dem Osten kommt. Sie leben auf dem Hügel im nahen Wald." „Sind es Asketen?" Von diesen hatte Zenon gehört, und auch schon vereinzelt welche am Wegesrand gesehen. „Nein, es sind keine Asketen. Sie achten ihren Körper und halten ihn gesund. Sie leben, um das Leid hinter sich zu lassen. Sie erbetteln am Morgen ihr Essen für den Tag, den sie überwiegend mit spirituellen Übungen verbringen. Sie erweisen mir eine Gnade, in dem sie mir ermöglichen zu spenden. Wenn ich ihnen etwas gebe, bringt es mir Glück, so groß sind ihre Fähigkeiten." „Zu welchem Gott beten sie?" „Sie verehren keinen Gott. Sie folgen dem Beispiel ihres Lehrers, der vor knapp 200 Jahren gestorben ist. Und für den waren die Götter ohne Bedeutung. In deiner Sprache nennen sie ihn den ‚Vollständig Erwachten' oder in einer etwas umständlicheren Übersetzung ‚den vollständig aus sich selbst heraus und ohne Hilfe der Götter Erwachten', in ihrer Sprache ist das ein einziges Wort: ‚Buddha'."

Das interessierte Zenon, denn auch Sokrates hatte sich geweigert, auch nur einem der vielen Götter eine Bedeutung beizumessen.

Sein Gastgeber erkannte Zenons Interesse und schlug ihm vor: „Bis dein Vater sich erholt hat, werdet ihr noch einige Tage bleiben müssen. Wir können die Zeit nutzen, und an einem der nächsten Tage die Schüler des Erwachten besuchen, sie wohnen in einem Hain auf einem Hügel, weniger als zwei Stunden Fußweg von hier entfernt." Zenon nahm diesen Vorschlag dankbar an.

Zwei Tage später gingen sie sehr früh los. Sie hatten einige Essensgeschenke für die Mönche eingepackt und erreichten den Hügel vor dem Mittag. Die Mönche luden sie ein mit ihnen zu essen.

Auf dem Hügel waren etwa zwei dutzend sehr kleine, einfache Hütten errichtet, kaum groß genug, um einem Liegenden Raum zu bieten. Darüberhinaus gab es eine überdachte Halle ohne Wände. Der Älteste hatte die beiden Kaufleute freundlich empfangen, die Gaben angenommen und erklärte Zenon: „30 Schüler des Erwachten leben im Moment hier auf dem Hügel. Wir sind eine sehr kleine Gruppe. Die meisten von uns sind sehr viel weiter im Osten. Keiner von uns lebt dauerhaft hier. Vielleicht wandern wir weiter, vielleicht wandern wir zurück, vielleicht stoßen andere zu uns. Wir schlafen in den Hütten. Sie schützen uns vor Mücken und Schlangen, dem Regen und der Sonne. Einen großen Teil des Tages verbringen wir mit Übungen, bei denen wir uns auf unseren Atem konzentrieren. Der Atem ist der Schlüssel. Viele Übungen machen wir gemeinsam. Am Morgen und am Abend wiederholen wir den Wortlaut einzelner Vorträge unseres Lehrers. Wir essen meistens alle zur selben Zeit. Dafür bietet diese Halle uns den geschützten Ort. Es ist unsere Versammlungshalle. Heute könnt ihr zusammen mit uns hier essen."

Die Mönche setzten sich auf den Boden und aßen langsam und schweigend. Die Kaufleute taten es ihnen gleich. Nach dem Essen schlug der Mönch den beiden vor, ein kleines Stück gemeinsam zu gehen und zu atmen. „Es tut sehr gut, langsam und in Ruhe zu gehen. Ich kann euch dabei eine einfache Atemübung zeigen, sie wird euch wohl tun."

So gingen sie hintereinander her auf einem ausgetretenen kleinen Pfad, den Hügel entlang und wieder zurück, eine Kreisroute, die sie einige Male wiederholten, dabei erklärte der Mönch ihnen: „Ihr atmet ein, ihr atmet aus. Das tut ihr schon euer ganzes Leben. Aber nun achtet ihr auf jeden Atemzug. Ihr achtet darauf, wie die Luft in euren Körper hineinfließt, ihn anfüllt und wieder herauskommt. Ihr beobachtet euren Atem, atmet ein, atmet aus. Dabei nehmt ihr euren Körper wahr. Ihr spürt die Luft in eurem Körper, ihr merkt, wo euch etwas weh tut, wo ihr euch vielleicht ein Blase gelaufen habt, ob ihr zuviel gegessen oder noch Hunger habt. Ihr spürt eure Hände, die Haare, ihr atmet ein und aus und betrachtet dabei euren Körper. Dann lasst ihr euren Körper mit jedem Atemzug gelassener werden. Ihr atmet ein, ihr atmet aus und mit jedem Atemzug wird euer Körper gelassener und entspannter." So gingen sie eine Weile. „Nun geht es eurem Körper gut, ihr empfindet Freude darüber mit jedem Atemzug mehr, euer Körper ist voller Freude, voller Glück, ein und aus. Nun betrachtet ihr beim Ein- und Ausatmen den Geist, der sich durch euren Körper bewegt und Gefühle verursacht. Ihr betrachtet den Geist in eurem Körper und lasst auch ihn ruhiger werden, ruhiger und ruhiger. Ein und aus, eure Gedanken werden immer ruhiger. Nun sind die Gedanken in eurem Körper vollkommen gelassen, ihr atmet ein, ihr atmet aus, und ihr betrachtet euren Geist." Sie gingen eine ganze Weile weiter im Kreis und der Mönch leitete weiter ihre Konzentration auf das Atmen. Irgendwann blieb er stehen: „Jetzt sind wir genug gegangen." Zenon stellte fest, dass er sich ganz ausgezeichnet fühlte. Der Mönch lud sie ein, sich mit ihm vor seine Hütte zu setzen. Er war interessiert etwas von Zenons Heimat zu hören, dem Land im fernen Westen, aus dem er gekommen war.

Zenon erzählte ihm von den Handelsgeschäften seiner Familie, dass er es gewohnt war, mit dem Schiff über das Meer zu fahren und zum ersten Mal eine so weite Strecke über Land und in den Osten gereist war. Und er kam ins Schwärmen, als er von den Lehren des Sokrates erzählte. Der Mönch interessierte sich sehr dafür, auch für die Umstände des Lebens von Sokrates, seine Schüler und die Organisation des Reiches, der Stadt, in der er lebte. Es machte ihn betroffen, dass Sokrates, obwohl seine Lehren so überzeugend waren, und er viele Schüler hatte, zum Tode verurteilt worden war, nur weil er es ablehnte, an die Götter zu glauben. Er achtete es sehr, dass Sokrates den Richterspruch angenommen und - den Regeln der Stadt in der er lebte folgend - das Todesurteil eigenhändig an sich ausgeführt hatte. Er fragte Zenon weiterhin, was aus den Schülern des Sokrates geworden war, so hörte er von Platon, von Aristoteles. Zenon erzählte, dass Platon das Wort ‚Erleuchtung' benutzte, um einen Zustand zu beschreiben, den ein Mensch erreichen kann, wenn er die Welt und sich selbst allein mit der Rationalität des Geistes betrachtet. „Ich frage mich, ob das Erwachen eures Lehrers einen ähnlichen Zustand beschreibt." Der Mönch schüttelte den Kopf. „Ich denke nicht. Das Erwachen ist nicht das Ergebnis einer Verstandestätigkeit. Aber die 'Erleuchtung' des Platon ist dennoch sehr interessant." Und er stellte Zenon einige weitere Fragen über die Lehren von Sokrates und seinen Schülern. Zu Zenons Bedauern kannte er sich bei Weitem nicht gut genug in der Welt der Philosophen aus, um dem Mönch alle Fragen vollständig beantworten zu können. Eine Weile saßen sie still und nachdenklich, dann sagte der Mönch: „Auch der Buddha maß den Göttern keine Bedeutung zu. In seinem Königreich gab es viele Götter und viele Regeln und Rituale im Zusammenhang mit ihnen. Er kannte sie fast alle, hatte sie von früh auf gelernt. Aber den Weg zum Erwachen hat er allein gefunden, ohne die Hilfe der Götter, aus sich selbst heraus, und dabei hat er erkannt, dass die Götter für uns keine Rolle spielen. Es mag sie geben oder auch nicht, unser Weg ist ohne sie. Er erklärte den Schülern, die das Glück hatten, ihn zu erleben, seine Erkenntnisse und half ihnen, sie im täglichen Leben anzuwenden. Vielleicht anders als die Philosophen Athens machte er nicht den Versuch, die Welt oder das Universum erklären zu wollen, er hielt das für unmöglich und auch nicht wichtig. Er lehrte uns, dass alle Phänomene des Seins vorübergehend und instabil sind, und wir selbst darin keine Ausnahme bilden. Er lehrte uns, die Idee von einem Selbst aufzugeben. Er nannte seine Lehre nicht die Wahrheit, weil es in Worten keine dauerhafte Wahrheit gibt. Seine Lehre bezeichnete er als ein Floß, mit dem wir einen Fluß überqueren können, dass wir aber nicht weiter mit uns herumschleppen sollten, wenn wir den Fluß ersteinmal überquert haben. Die Worte und Übungen, die er uns vermittelte, waren Hilfestellungen, damit wir aus eigener Kraft zur Erkenntnis gelangen können, seine Worte und Übungen sind nicht die Erkenntnis selbst."

Zenon, der sich nach dem achtsamen Gehen um den Hügel hellwach und gleichzeitig sehr ruhig fühlte, konnte sich gut vorstellen, dass die Übungen des Lehrers aus dem Osten eine große Hilfe auf dem Weg zum Verstehen sein konnten.

„Welche Götter verehren die Menschen in deinem Land?", fragte der Mönch. Zenon erzählte ihm vom Pantheon der griechischen Götter, den Eigenarten, die ihnen zugeschrieben wurden, ihrem Verhältnis zu den Menschen, und in welchen Königreichen oder Städten welche Gottheit besondere Verehrung erfuhr. Der Mönch stellte fest: „In den Königreichen am Mittelmeer gibt es ähnlich viele Götter wie in unserem Land." Zenon lachte, „ja, es sind wirklich viele." „Gibt es einen unter ihnen, den du verehrst, zu dem du betest?"

Zenon dachte einen Moment nach und erkannte, dass er gottlos war. „Ich bete zu keinem Gott. Zugeneigt bin ich am ehsten Apollon. Mir gefallen die beiden zentralen Sätze der Apollonier." „Welche sind das?" „‚Erkenne dich selbst' und ‚Vermeide das Übermaß'", antwortete Zenon und fügte erklärend hinzu: „Die Anhänger Apollons gehen davon aus, dass man sich selbst verstehen muss, um die anderen und die Welt verstehen zu können. Und sie sehen in dem rechten Maß den Weg der glücklichen Zufriedenheit. Selbst das Gute wird zum Schlechten, wenn man zuviel davon nimmt. Das richtige Maß ist entscheidend: nicht zu viel und nicht zu wenig. Auf der Suche nach der Erkenntnis das richtige Maß einzuhalten ist der Weg der Apollonier."

Der Mönch nickte wohlwollend: „Dieses Denken gefällt mir. Es ist unserer Lehre vom mittleren Weg nicht so unähnlich. Der Buddha riet uns, die Extreme zu meiden und den Weg der Mitte zu gehen. Nicht zuviel, nicht zu wenig, das richtige Maß, man könnte das so nennen. Und auch die Erkenntnis von dem Selbst war für unseren Lehrer von besonderer Bedeutung: er empfahl uns, davon auszugehen, dass es kein Selbst gibt. Dies wäre eine große Hilfestellung auf dem Weg zum Erwachen. Wohlgemerkt sagte er nicht, dass wir kein Selbst haben, sondern nur, dass wir uns so verhalten sollten, als wenn wir kein Selbst hätten. Vielleicht liegt hier der Unterschied zu den Apolloniern: Sie versuchen das Selbst zu ergründen und stellen es damit auf einen Sockel. Unser Lehrer ignorierte das Selbst und löste seine Bedeutung damit auf."

„Davon auszugehen, ein Selbst existiere gar nicht, ist ein interessanter, ein gewagter Gedanke", stellte Zenon fest, „er scheint mir fast noch tollkühner zu sein, als die Götter zu leugnen!" Beide lachten. Der Mönch sagte: „Du hast Recht. Dieser Gedanke ist tollkühn, er ist ein gewaltiger Sprung zu etwas Neuem: Es sind keine Götter und kein Selbst. Was dann ist die Welt?"

Sie redeten noch eine ganze Zeit, der Mönch wollte von Zenon auch wissen, wie sich das Reich Alexander des Großen im Westen entwickelte. Er lobte den General Ptolemaios dafür, dass er Alexandria in Ägypten weiter aufbaute und die Bibliothek nach den Plänen Alexanders errichten ließ. „Wenn sie fertiggestellt ist, werden wir Abschriften der Reden Buddhas dorthin senden."

Am Nachmittag verabschiedeten sie sich, die Kaufleute wollten vor Einbruch der Dunkelheit zurück in Taxila sein. „Mache regelmäßig die Atemübungen", ermunterte der Mönch ihn, „das wird dir helfen. Ich würde mich sehr freuen, wenn wir uns mal wiedertreffen."

Auf dem Rückweg war Zenon ähnlich euphorisiert, wie er es nach dem ersten Lesen der Schrift von Sokrates war. Er sagte zu seinem Gastgeber: „Es sind die Schüler eines großen Philosophen aus dem Osten! Seine Lehre ist beispiellos! Wie hat er es erklärt? Über die Beruhigung der Gefühle, die Gelassenheit zur Gedankenlosigkeit gelangen. Dort, jenseits der Gefühle, Gedanken und Worte beginnt die wahre Welt, der große Frieden, das Erwachen." Er unterbrach sich, schallte sich selbst: „Ich rede zuviel! Ich denke zuviel!", nur um sich dann weiter zu begeistern: „Und mit welcher Hingabe die Schüler die Lehren ihres Lehrers praktizieren!" Sein Gastgeber stimmte ihm zu, und im wortlosen Einvernehmen gingen sie den Rest der Wegstrecke schweigsam.

An diesem Tag war der Besuch auf dem Hügel etwas Selbstverständliches und Folgerichtiges für Zenon. Er war vom Haus seines Gastgebers losgegangen, war einem Weg gefolgt und dort angekommen, danach wieder zurückgegangen. Aber je mehr Zeit verging und je weiter es in die Vergangenheit rutschte, desto wundervoller kam ihm die Begegnung und das Gespräch vor. Und als er Monate später mit seinem Vater wieder in der Heimatstadt am Mittelmeer ankam, in einer vertrauten Umgebung war, und die ganze Reise eine außergewöhnliche Erinnerung geworden war, kam ihm dieses Gespräch, das in dem Moment selbst doch so selbstverständlich gewesen war, vollkommen wunderbar vor. Manchmal schien es ihm, als hätte er die Begegnung geträumt. Und tatsächlich träumte er in den folgenden Wochen manchmal von den Schülern des Erwachten auf jenem kleinen Hügel im fernen Osten, und seine Träume vermischten sich mit seinen Erinnerungen. Er führte die Geschäfte seines Vaters fort und fand immer genügend Zeit, seine Atemübungen zu machen. In den freien Stunden studierte er die Schriften der Philosophen, derer er habhaft werden konnte. Er bedauerte, nicht mehr Zeit mit den Mönchen verbracht zu haben. „Warum habe ich mir die Reden ihres Lehrers nicht aufschreiben lassen! Dann hätte ich jetzt ein Floß gehabt." Er machte seine Atemübungen und versuchte, das Vergessene aus sich selbst heraus neu zu erfahren.

Kein Jahr später starben sein Vater und seine Mutter in kurzem Abstand. Das zwang ihn, die Familiengeschäfte vollständig zu übernehmen. Mit dem Handel ließ sich ein beträchtlicher Gewinn erwirtschaften. Doch das war keine Selbstverständlichkeit. Die Kontakte zu den Handelspartnern mussten gepflegt werden, Preise mussten immer wieder neu verhandelt werden. Die Handelswege waren weit geworden und keineswegs sicher. Bewaffnete Geleitmänner mussten wohl ausgewählt und bezahlt, lokale Fürsten, deren Wege zu passieren waren, gütig gestimmt werden. Dies forderte Zenons vollständige Aufmerksamkeit, und es erzeugte beträchtliche Kosten, die vom Warenwert abgezogen werden mussten. Trotz alledem konnte eine Lieferung verloren gehen. Zenon konnte nicht selbst die inzwischen zahlreichen Handelsreisen begleiten - auch wenn er es gern getan hätte - denn in dieser Zeit des Umbruchs war seine Anwesenheit im eigenen Handelshaus unabdingbar. Für die Beschäftigung mit der Philosophie hatte er nun überhaupt keine Zeit mehr, und sie trat mehr und mehr in den Hintergrund. Nicht weniger riskant als der Weg über Land war der Weitertransport der Waren über das Meer. Wenn ein

Schiff unterging, konnte es das ganze Unternehmen mit-reißen. Die Gefahren durch Seeräuber konnte ein erfahrener Kaufmann eindämmen, plötzlich hereinbrechenden Unwettern gegenüber war auch er machtlos.

Nach einigen weiteren Jahren war Zenon mit den ständigen Gefahren der Geschäfte vertraut genug, um zu wissen, dass die von allen Seiten sich immer wieder neu nähernde Gefahr niemals enden würde. Nach dieser ständig auszuspäen und sie immer wieder abzuwehren, hatte er mit großer Disziplin vermocht. Darüber hatte er nicht nur keine Zeit für die Philosophie mehr, sondern er war auch zu beansprucht gewesen, um nach einer Frau Ausschau zu halten. Dabei war es für ihn nunmehr an der Zeit, Nachkommen zu zeugen, damit er das Geschäft an jemanden weitergeben konnte. Auch drängte es ihn zunehmend, endlich mal wieder eine größere Reise zu machen. Sein Unternehmen war nun wohl organisiert und gefestigt, so konnte er es wagen, das Handelshaus für eine Weile zurückzulassen. Also bündelte er die nachfolgenden Geschäfte zu einem einzigen großen Transport, den er selbst auf einem eigenen Schiff nach Griechenland zu bringen gedachte. Dabei ging er bewusst das Risiko ein, das Wohl des Geschäfts und den zukünftigen Reichtum von dieser Fahrt abhängig zu machen. So hatte er einen Vorwand, dass Schiff selbst zu begleiten. Und schlug er alle Waren erfolgreich los - und war es jemals anders gewesen? - würde er bedeutend wohlhabender zurückkommen. Das würde es der vielleicht nachfolgenden Generation erleichtern. Und er stellte sich vor, in der anderen Umgebung die richtige Frau kennenlernen zu können, eine Frau, die ihn neu beflügeln würde, allein durch die Gefühle, die er für sie hegte. Das zumindest malte er sich aus. Und also war er einige Wochen später mit einer großen Menge wertvoller Waren auf einem eigenen Schiff auf dem Mittelmeer und sah die Fischschwärme dicht unter der Oberfläche an einem sonnigen Tag dahingleiten. Er folgte ihnen mit seinem Blick, soweit er es konnte, und stellte sich vor, wie seine Zukunft sich verändern würde. Anders als bei so vielen vorangegangenen Handelsunternehmungen machte er sich kaum Sorgen, zu oft schon hatte er Schwierigkeiten und Mühsalen in einem erfolgreichen Geschäftsausgang münden lassen. Und nun war er erfahren und gleichsam auf dem Höhepunkt seiner Kraft.

Mit einem Mal war das Meer nicht mehr ruhig. Keine bunten Fische begleiteten das Boot. Der Himmel wurde von schwarzen Wolken verborgen. Ein wütender Wind erhob sich unvermittelt und zerbrach zielgenau den Mast. Holz barst, die Ladung verrutschte, vom Seegang beschädigt, vom Wasser vermehrt.

In einer einzigen Sekunde dachte Zenon: „Sokrates hat Recht, die Götter existieren nicht, ein Sturm allein reicht aus. Warum habe ich den Besitz meiner Familie, das Vermögen von Generationen, auf dieses Schiff geladen? Warum ist dieses Schiff das erste, das ich seit Jahren selbst begleite? Welche unsichtbare Zwangsläufigkeit hat mich zu diesem Moment hinausgeschickt?" Dann hatte er keine Zeit mehr nachzudenken, das Schiff zog ihn mit in die Tiefe des Meeres. Er hatte keinen Atem mehr.

In der luftlosen Dunkelheit des tiefen Wassers ist es mit einem Mal still ihn ihm, er erinnert sich an die Bettler von Taxila, die kahlgeschorenen Männer in den safranfarbenen Togen, die mit ihm um den Hügel gingen und ihm das Atmen lehrten.

Einer von ihnen ist direkt vor ihm, sieht ihm aus nächster Nähe in die Augen, sagt: „Du atmest ein. Du atmest aus. Du atmest ein, du atmest aus. Das ist das Leben, das ganze Leben. Willst du das beherzigen und danach leben?" Zenon versuchte einen Atemzug zu nehmen, das Wasser ließ es nicht zu. Er spürte Angst aufsteigen. Der Bettler aus Taxila schüttelt den Kopf: „Nicht so." Zenon fragt mit letzten Sinnen: „Wer bist du?" „Ich bin ein Engel. Ich bin dein Daimon."

Irgendwann am nächsten Tag wurde Zenons Körper an Land gespült. Er lebte noch oder wieder, schlief, halb in der sanften Brandung liegend, verschluckte sich hin und wieder an einer kleinen salzigen Welle, hustete, wachte nicht auf, seine Erschöpfung war unermesslich.

Als er aufwachte, kroch er wenige Meter ins Trockene und schlief dort zwei weitere Tage. Von der Sonne verbrannt und von Ameisen zerbissen wachte er endlich vollständig auf. Er atmete ein. Er atmete aus. Er spürte all die Schmerzen. Er dachte: „Ich lebe", und ein Glück durchlief seinen ganzen Körper.

Er erfuhr niemals, was aus seiner Besatzung und seiner Ladung geworden war. Er sollte nie wieder von diesem Schiff hören, und er hatte nicht vor, jemals wieder dorthin zurück zu blicken. Er wanderte Wochen, erst orientierungslos, dann zielgerichtet, von Gefundenem, Gesammelten und freiwillig Geteiltem lebend, bis er Athen erreicht hatte. Dort fand er eine neue Sprache. Die Menschen hörten ihm zu. Sie sahen sein stilles Glück. Er bemühte sich redlich, es ihnen zu erklären, versuchte ihnen beizubringen, die unsteten Gefühle zu beherrschen und das Schicksal zu akzeptieren, damit ihre Seele zur Ruhe kam, und sie so zur Weisheit gelangen konnten. Immer mehr Schüler scharten sich um ihn, erst die Neugierigen, die Stillen, auch die Klugen, die Suchenden, irgendwann auch Mächtige: Antigonos II., König von Makedonien, erkannte, dass Zenon größer war als er, verbeugte sich tief vor ihm und schloß sich seinem Denken an.

Die Bürger von Athen nannten sein Gedankengebäude „die Schule der Stoa" und achteten ihn, denn die Gemütsruhe tat der Stadt gut, besonders an den heißen und hektischen Tagen.

Nach Zenons Tod blieb Alexandria noch eine Weile das Zentrum der Welt, bevor es langsam an Macht verlor und Rom immer stärker zur Herrschaft drängte. Die Makedonierin Königin Kleopatra von Ägypten, Ur-Urenkelin von Alexanders erstem General Ptolemäus, Herrscherin über die Bibliothek von Alexandria und die

Pyramiden von Gizeh, wusste das eine Weile durch geschickte Liebesverbindungen mit Julius Caesar und Marcus Antonius aufzuhalten. Doch war ihr langfristig kein Glück beschieden, und so begann Alexandrias Abstieg in die Bedeutungslosigkeit. Die Schule des Zenons aber gelangte 424 Jahre nach seinem Tod zu erneuter Blüte durch Mark Aurel, der bestrebt war, nach Zenons Lehre der Stoa zu leben, so sehr ihm das als Kaiser Roms nur eben möglich war.

Die Blüte verging, als der Römer Saulus unter dem Decknamen Paulus mit satanischer Schläue die Deutungshoheit über die noch junge christliche Bewegung erschlich und eine Religion daraus formte, deren Päpste den hellenistischen Daimon zum Bösen erklärten und die Menschheit in die Dunkelheit des Mittelalters führten, indem sie freies Denken und Wissen erstickten.

Erst viel später, nach einer schier endlosen Periode der Finsternis, sehr viel später, nach einem Wiedererstarken der Vernunft, würden am Anfang einer weiteren Zeitenwende Friedrich der Große und Napoleon Bonaparte jenen Kaiser Mark Aurel, diesen Anhänger der Stoa, als ihr Vorbild bezeichnen.

Schlechte Freundin

Warum sie ihn anschrie, vielleicht weil er taub war, auf diesem Ohr sowieso. Dannimmer wünschte er sich ein ganz anderes Sinnesspektrum. Wobei: Er stand in einem Zweifel, ob das Sein sich im Wahrgenommenen erschöpfte. Er fand auch noch das Selbst und ohne Außen Produziertes. Unmöglich konnte seine Welt ein zusammengerechnetes Wahrgenommenes sein, sein Wahnsinn war älter als die Augen. Gern sagte er: „Der Wahnsinn ist ein prähistorisch gesteinerter Knochen, nur leichter und auch flink." Andere meinten, er möchte besser die Zunge hüten vor solchen Leichtfertigkeiten. Das nannte er entschieden einen Irrtum und die Zunge wahr, bitter und schwer. Er stellte sie sich vor: bläulich schwarz gefärbt von einem Gift. Doch war es kein Gift, sondern die, die schrie.

Das Labyrinth des Seins

I. Die Faktoren des Labyrinths

Der Weg des Menschen durch sein Leben ist von ihm selbst im voraus nicht zu erkennen. Der Weg ist vorgegeben und doch nicht fest. Er verändert sich fortwährend. Eine ganze Reihe von Faktoren ergänzen sich dabei zu einer scheinbaren, einer vieldimensionalen Lotterie. Drei ihrer Faktoren seien hier genannt:

Eins: Der Lauf der Dinge
Etwas schiebt sich dazwischen. Das Prinzip ist einfach: Eine Sache ist vorgesehen, soll sich ergeben, scheint sich zu ergeben, aber im letzten Moment kommt etwas dazwischen, schiebt sich etwas dazwischen. Dadurch ist die Situation verändert. Ein neuer Weg mit einem weiteren Ziel zeigt sich, ist der nun am nahe Liegendste, der Folgerichtige - und du folgst ihm auf das vorhergesehene Ziel zu. Bevor du es erreichst, als es zum Greifen nah ist, schiebt sich etwas dazwischen. Dadurch ist die Situation verändert und so weiter.

Zwei: Der menschliche Wille
Im Wirkungsradius des menschlichen Willens gilt ein weiteres Grundprinzip: Das Labyrinth der Türen.
Aus dem Raum, in dem du bist, führen verschiedene Türen. Du musst dich für eine entscheiden. Sie führt dich in den nächsten Raum. Jeder Raum ist anders. Nie kannst du von einem Raum zurück in den vorherigen

gehen. Einige entscheiden sich dafür inne zuhalten, um in Ruhe eine Wahl zu treffen, um sich möglichst lange möglichst viele Türen offen zu halten. Doch das funktioniert nicht. „Durch keine Tür zu gehen" ist auch eine Tür, und zwar ausgerechnet die Tür, durch die sich viele weitere Türen verschließen.

Drei: Das Ich

Mitunter schiebt sich auch nichts dazwischen, die Wahl der Tür war richtig und führt dich durch verschiedene Räume schließlich zum vorgesehen Ziel. Einen Atemzug lang glaubst du, es geschafft zu haben, doch etwas ist verkehrt, der Moment des vermeintlichen Triumphes fühlt sich so fade an: Du hast dich verändert auf dem Weg. Du bist nicht mehr jener einstige, der dieses Ziel anvisiert hatte. Du bist ein anderer. Und du fragst dich, was um alles in der Welt du an diesem Ort sollst - und schaust dich nach einem neuen, einem eigenen Ziel um.

II. Der Weg und das Ziel

Die Erkenntnis über den Weg, der einer Lotterie ähnelt, könnte einem im ersten Moment den Mut rauben. Wie denn soll so jemals das Ziel erreicht werden? Und wie überhaupt soll unter diesen Umständen ein Ziel sicher anvisiert werden können?

Einige denken an dieser Stelle der Erkenntnis: „Warum soll ich nicht einfach den Weg genießen? Warum über ein Ziel den Kopf zerbrechen, das ich nicht kenne. Ich genieße den Weg, rieche an den Blumen und freue mich an jeder neuen Windung." Diese Menschen gehen soweit zu sagen: „Der Weg ist das Ziel." Und tatsächlich ist das eine gute Einstellung. Es ist eine gute Einstellung für die Schwachen. Sie machen sich so ihr Leben erträglich.

Den Starken ist ebenfalls klar, dass sie ihr Ziel weder erkennen noch formulieren können, und auch sie wissen, dass der Weg sich fortwährend verändert und die Illusion von ihrem Ich instabil ist. Aber sie lassen sich davon nicht entmutigen. Ihr Ziel ist keineswegs der Weg. Der Weg ist der Weg. Und sein Zweck ist es, sie zu ihrem Ziel zu führen. Das bedeutet nicht, dass sie den Weg nicht mögen, es hindert sie auch nicht daran, jeden Atemzug zu genießen, an den Blumen zu riechen und ein Liedchen zu pfeifen. Aber sie gehen auf dem Weg, um das Ziel zu erreichen.

Auch ihr Ziel ist nicht klar zu erkennen und ändert sich fortwährend. Ihr Ziel ist stets das Ziel, welches sie gerade zu erkennen vermögen. Sie tun ihr Bestes, es zu erreichen, sind stets bereit, die notwendigen Schritte zu tun, und sie sammeln dafür fortwährend ihre Kraft.

Auf dem Weg zum Ziel mag der Tod dazwischen kommen. Der Tod mag denen dazwischen kommen, die ihren verschlungenen Weg durchs Leben mit dem Ziel verwechselt haben. Die anderen haben ihn stets erwartet. Für sie ist er einer der Moment, an dem sie ihre Kraft einsetzen und versuchen, sich eine weitere Tür zu öffnen usw.

Ansporn aus dem Dunkel

Unter der Erdoberfläche, im Inneren, wo die Gerechtigkeit nicht von Gnade verunreinigt ist, da wohnen wir, die alles untergraben. Der Leidenschaft Feuer und den Verstand trugen wir mit uns aus höheren Himmelsschichten hierher und machten urbar dieses lichtlose Naß und den Lehm.

Die Menschen fürchten uns zu Recht. Wer sich von uns speisen läßt vergeht schon bald, oder gewinnt Durchsetzungskraft frei von Feingefühl. Die Starken machen wir stärker, dem Sieger schenken wir alles, die Schwachen zertrampeln wir auf sandigen Böden zu Staub. Wer sich mit uns einläßt, braucht einen festen Stand.

Wir sind die Dämonen deines Lebens, und wir haben uns etwas Neues für dich ausgedacht. In diesem von Dunstschwaden klammen Erdloch haben wir die Fäden deines Geschicks verworren, hier einen Teil herausgeschnitten, dort ein anderes hinzugefügt. Nicht willkürlich noch chaotisch, sondern wohlabgewogen schufen wir eine neue Komposition, in der du das improvisatorische Element bist.

Wir wissen, wonach du suchst; wir wissen, es ist für dich vorgesehen. Und wir sind neugierig, was du tust, wenn wir es dir nehmen.

Der Nashornvogel

Der Nashornvogel führt ein glückliches Leben. Er hat seine Ruhe. Trotz der großen Flügelspannweite ist er in der Luft schwerfällig, als sei sein Körper plump. Tatsächlich ist es das Gewicht seines imposanten riesigen Schnabels, das ihn nur mit Mühe Balance halten läßt. Und als sei das nicht schon Ballast genug, erhebt sich darauf ein gelb-goldenes, nach oben gewölbtes Horn, das in dieser Welt keinen Zweck hat und ihm den Flug erschwert. So legt er für gewöhnlich nur kurze Distanzen zurück und sitzt meist in den dunkelgrün verwobenen Blätterdickicht des Dschungels, in den die Sonne kaum dringt. Dort knackt er die Schale von Hartfrüchten, die anderen Tieren nicht zugänglich sind, oder zermalmt Riesenkerne, um an ihre inneren Öle zu gelangen. Auch Kokusnüsse halten der Kraft seines Schnabels nicht stand. Er hält sich dort auf, wo keine anderen Tiere sind. Andere Tiere halten sich nicht auf, wo er ist. Er lebt in einer Zwischenwelt.

Dem Adler ist die Sonne und der Tag zugeordnet. Der Rabe wechselt zwischen Diesseits und Jenseits und wir können ihn am hellichten Tag sehen, wie er uns beobachtet. Der Nashornvogel fliegt im Morgengrauen aus dem Dschungel zum Strand und setzt sich auf den Wipfel einer Palme, den heimlichen Ort eines unverabredeten Stelldicheins. Auf der Palme links von ihm sitzt ein Adler. Auf der Palme rechts von ihm sitzt ein Rabe. Gemeinsam lautlos beobachten sie den Sonnenaufgang. Danach fliegen sie in verschiedene Richtungen fort und begegnen sich zu keiner anderen Zeit des Tages. Während ein Adler dem Menschen den einsamen Triumph ankündigt, schickt der Rabe - sofern er wohlgesonnen ist - eine Warnung vor dem Unglück, sowie der Nashornvogel dir das wahre Glück bescheidet, welches nicht deinen Wünschen entspricht.

An anderen Morgenen sitzen 37 Nashornvögel gemeinsam in einem weit verzweigten Baum am Strand, solange die Dämmerung noch nicht vertrieben ist. Würde sich ein Mensch am Fuße dieses Baumes niedersetzen, sähe er die Grenze zwischen Tag und Nacht gemeinsam mit den beseelten Geistern, im dunklen Geäst zusammengekommen, um sich am Wiederaufstieg der Sonne ein Vorbild zu nehmen. Minuten später nur - die Sonne steigt in den Tropen schnell auf - sind es papageienähnliche Vögel, die mich aus der Höhe von einem grünen Palmenwedel unter blauem Himmel belustigt betrachten.

Anders als die Bewegung seines Fluges es vermuten ließe, ist der Nashornvogel niemals schwermütig. Er begnügt sich mit einem engen Radius. Dieser Radius umschließt immer das allerschönste Gebiet, und warum sollte er das verlassen?

Der Nashornvogel muss keinen Freßfeind fürchten außer der Dummheit. Sie meidet er.

Der Geschmack der seltenen Früchte entschädigt ihn für die Schwere seines Schnabels.

Der Nashornvogel lacht ungeniert vor Schadensfreude, denn er weiß, dass Unglücksfälle nichts weiter sind als plötzliche Richtungswechsel, die er nicht selten selbst herbeigeführt hat.

Er teilt sich sein Gebiet mit Flughunden. Sie haben eine ähnliche Größe wie er, sind aber nachtaktiv. Nach Einbruch der Dunkelheit kommen sie in großer Zahl von einer nah gelegenen Felsformation herbeigeflogen und vertilgen die Plagegeister, die dem Nashornvogel so das Leben nicht schwer machen können. Obwohl er nicht zu der dunklen Seite gehört, hält sie eine schützende Hand über ihn.

Der Tapir

Der Tapir gehört zu der Gattung der Mondscheinblütentiere. Er bewundert die Pflanzen und sucht ihre Nähe. Daher lebt er meist in dichten tropischen Wäldern. In hellen Mondnächten erklimmt er den höchsten Hügel, stellt sich für den ganzen Himmel sichtbar auf den Vorsprung einer Klippe und überblickt die mit dunklen Blätterkronen lückenlos angefüllte Ebene.

Seine Vorderläufe sind schlank, die Hinterläufe kräftig, er hat die Kopfform und die Augen eines Elefanten, aber er ist bei weitem nicht so groß. Er hat auch einen kurzen Rüssel, mit dem er die dichten Düfte des immerfeuchten Waldes einsammelt, und die hochempfindlichen Ohren einer Antilope.

Er lebt im Wesentlichen allein und scheint scheuer als das Reh noch zu sein. Er liebt die Ruhe, das vertraute sanfte Brummen des geschäftigen Waldes: das fast lautlose Geräusch der tausendfachen Flügelschläge kleinster Insekten, die im Bereich des feucht-warmen Unterholzes immer überall sind; das Knirschen der Erdkörner, die von den Würmern dicht unter der Oberfläche bewegt werden; die Atemgeräusche der Ameisen, die unablässig Holzstückchen und bei erwartetem Regen auch ihre eigenen, nahrhaften Eier transportieren.

Der Tapir wähnt sich meist in einem Traum, doch ist er immer wach. Um nicht in Rudeln jagen zu müssen, ernährt er sich von Blättern.

Allein den Tiger muss er fürchten, doch sie begegnen

sich nur selten, zu unwahrscheinlich sind die Gewohnheiten des Tapirs.

Zur Fortpflanzung treffen zwei Tapire sich meist auf einer baumlosen Ebene, ohne sich verabredet zu haben. Sie sind sich für gewöhnlich niemals zuvor begegnet, haben den gegenseitigen Geruch aber schon seit Monaten zwischen all dem anderen erst noch unbemerkt aufgenommen. Ihr Liebesakt ist ein unvergleichbares Schauspiel, das noch niemals jemand beobachtet hat.

Manchmal wird der Tapir von einer beunruhigenden Ahnung beschlichen, die in etwa bedeutet, dass alles nie gewesen ist; dann kniet er erschrocken nieder, erinnert sich eines alten Reims und wird bald von dem verlockenden Duft eines verborgenen Trüffels wieder auf andere Gedanken gebracht.

Das Sing-horn

1. Die Begegnung

An einem Tag, der nichts Besonderes zu werden versprach, hatte Leonard einige halbwegs kühne Pläne entworfen, um sich ein wenig zu zerstreuen. Unmittelbar vor der Ausführung suchte er ein Restaurant auf, um sich mit einer reichhaltigen Mahlzeit zu stärken. Als er noch auf sein Essen wartete, sprach ihn eine neue Kellnerin von hinten an: „Kann ich noch etwas tun, um ihr Wohlbefinden zu erhöhen?" Der Klang ihrer Stimme und auch der Akzent waren ihm vertraut. Er kannte diese Frau. Er drehte sich um, und eine ihm unbekannte junge Frau stand vor ihm. Diese Kellnerin hatte er nicht gesehen, als er das Restaurant betreten hatte, es war nicht die, bei der er bestellt hatte. Es war auch nicht die Frau, an die ihn die Stimme erinnerte. Der Klang und ihr Aussehen schienen nicht zusammen zu gehören. Sein Interesse war geweckt. Diese Begegnung war vom Schicksal herbeigeführt worden. Auch hatte es die Wahl ihrer Worte beeinflusst und den Klang ihrer Stimme moduliert, um sicherzustellen, dass Leonard sie bemerken würde. Er erkannte es und ließ seine kühnen Pläne fahren. Dieser Tag war nun so schon etwas Besonderes.

„Sie können mein Wohlbefinden gern erhöhen." Leonard wollte sie noch einmal sprechen hören und wartete auf ihre Antwort. Sie zögerte, sah ihn fragend an. „Haben Sie schon bestellt?" Tatsächlich es war diese Stimme, aber es war ein anderes Gesicht. Er musste sie unbedingt kennen lernen und zweifelte nicht daran, dass dies leicht einzurichten wäre. Sie sah ihn immer noch fragend an, etwas irritiert, weil er so lange schwieg und sie dabei ansah. Schließlich fiel ihm ihre Frage wieder ein: „Ja. Ja, ich habe schon bestellt, vorhin, eine Pizza, bei ihrer Kollegin." Sie gewann ihre Forschheit zurück: „Wissen Sie was: Ich werde sofort in die Küche gehen und dafür sorgen, dass Sie ihre Pizza so schnell wie möglich bekommen", und verschwand im Inneren des Restaurants. „Es dauert halt seine Zeit, bis der Teig fertig gebacken ist", dachte Leonard, „das wird sie kaum beschleunigen können."

Tatsächlich hatte sie ihn nicht angesprochen, weil sie ihm schneller zu seinem Essen verhelfen wollte, auch war sie gar nicht zuständig für seinen Tisch. Aber etwas an seiner Silhouette und seiner Art, nur da zu sitzen, sich nicht zu bewegen und gar nichts zu tun, hatte sie an jemanden anderen erinnert, und sie wollte wissen, was das bedeutet, und so hatte sie seinen Tisch einfach zu dem ihren gemacht. Ihre Kollegin hatte nichts dagegen, ihr diesen Gast abzugeben.

Als sie ihm die Pizza gebracht hatte, blieb sie neben dem Tisch stehen, beobachtete seinen ersten Bissen, fragte, ob es ihm schmecken würde, und blieb, nachdem er bejahte, einfach weiter neben dem Tisch stehen. Also fragte er sie einige kleine Dinge, die sie gern beantwortete: Sie war in dieser Stadt geboren und hatte hier gerade ihr Studium abgeschlossen. Nun arbeitete sie als Kellnerin, weil sie eine Reise nach Europa machen wollte. Das

Visum hatte sie bereits beantragt, sie wartete täglich auf den Bescheid, und in zwei Monaten sollte es los gehen. „Das ist gut, dann kann ich sie später in Deutschland wieder treffen", dachte er und fragte sie etwas über die Bedeutung eines Bildes, das er am Tag in einem Tempel gesehen hatte. Sie war sich nicht ganz sicher, aber: „Mein Vater hat mir mal ein Buch zu diesem Thema geschenkt, ein Buch für Kinder, mit Bildern. Ich habe es irgendwo zuhause. Ich werde es suchen und bringe es morgen mit. Wenn du wiederkommst, kann ich es dir geben." Damit hatte sich die vage Idee zerschlagen, die in seinem Kopf schon angefangen hatte zu arbeiten: Das Restaurant würde nicht mehr all zulange aufhaben, und er hätte vorschlagen können, etwas gemeinsam trinken zu gehen oder einen der naheliegenden Clubs aufzusuchen. Aber nun hatte sie ein anderes Tempo vorgeschlagen, und warum nicht, er konnte sich Zeit lassen und wenn nötig auch etwas länger in der Stadt bleiben, obwohl er in seinen Gedanken schon weiter war, und sie dort bereits einen gemeinsamen, mehrtägigen Ausflug ans Meer machten. Was sollte er morgen den ganzen Tag tun, bevor er sie abends wieder traf? „Hast du einen Vorschlag, wohin man einen Ausflug in dieser Stadt machen könnte? Ich habe morgen noch nichts vor." Sie überlegte einen kleinen Moment: „Es gibt eine neue Tempelanlage mit dem Namen Thung Setthi etwas außerhalb der Stadt. Das Gebäude stellt architektonisch diese Welt, den Himmel und die Hölle dar. Vielleicht interessiert dich das." Ohne es zu merken, waren sie beide zum du gewechselt. Da sie englisch miteinander sprachen, war es auch nicht so leicht zu bemerken, und doch war es geschehen. Leonard stellte sich diesen Ausflug allein etwas zäh vor: „Hast du Lust mich zu begleiten?" Sie sah ihn amüsiert an: „Ich kann nicht! Ich muss doch arbeiten." Er musste also erst einmal den morgigen Abend abwarten. „Fährt ein Bus zu dieser Anlage?" „Nein, du musst ein Taxi nehmen. Die Taxen in dieser Stadt sind sehr zuverlässig." Es waren andere Gäste gekommen und ihr Chef beobachtete sie, also konnte sie nicht länger an diesem Tisch stehen bleiben. Als er zahlte fragte sie: „Wirst du morgen wieder kommen?" „Ja, ich werde kommen. Bringst du das Buch mit?" „Ja mache ich." Sie grinsten sich an. „Bis morgen." „Bis morgen."

2. Die Verzögerung

Der Ausflug am nächsten Tag diente ihm in erster Linie dazu, die Zeit bis zum Abend zu vertreiben. Der Taxi-Fahrer war freundlich, sprach aber kein Englisch. Sie hatten eine recht weite Strecke zu fahren. Die Darstellung der Hölle belustigte Leonard, sie war geeignet, kleinen Kinder das Einschlafen zu erschweren. Die Aussichten des Himmels, die hier dargestellt wurden, schienen ihm wenig verlockend. Viele Menschen suchten diesen Ort an diesem sonnigen Tag auf, er war der einzige Ausländer und niemand sonst war allein hierher gekommen. „Es ist vollkommen idiotisch allein hierher zu kommen. Diese Anlage ist gebaut worden, damit man mit Freunden und Bekannten einen Ausflug ins Grüne machen kann, um gemeinsam etwas zu essen und ein wenig über seine Vorstellung von Himmel und Hölle zu plaudern." Weil er nun aber schonmal hier war, nichts anderes zu tun hatte und den Tag irgendwie anfüllen wollte, nahm er sich trotzdem Zeit und schaute sich auch noch die Umgebung an. Der Farbton der umliegenden Reisfelder gefiel ihm, dort lief er ein Stück hinein, in der Hoffnung, irgendetwas, vielleicht ein Tier, zu sehen, dass er noch niemals gesehen hatte, aber dies geschah nicht. Schließlich ließ er sich von dem geduldig wartenden Taxifahrer zurück in die Stadt fahren.

Als er am Abend in das Restaurant kam, begrüßte sie ihn mit den Worten: „Es tut mir leid, ich habe das Buch nicht gefunden." Es waren heute mehr Gäste da, und ihr Chef beäugte ihn mißtrauisch. Eine andere Kellnerin, ihre Freundin, bediente ihn. Während er noch auf sein Essen wartete, hielt diese sich nicht mit freundlicher Konversation auf, sondern stellte ihm zielgerichtet eine Reihe von Fragen. „Wie lange bist du schon in dieser Stadt?" „Ich bin gestern angekommen." „Mit wem reist du?" „Allein." „Wie alt bist du?" „Bist du verheiratet?" „Nein." Hast du Kinder?" „Nein." „Wie lange wirst du noch bleiben?" „Zwei, drei Tage, vielleicht, ich weiß es noch nicht, ich habe nichts im Voraus gebucht."
Er befand sich seit einigen Wochen auf einer Reise. Er wusste nicht, wann und wo die Reise begonnen hatte, doch nun war er hier, in diesem Königreich, und es war seine Normalität. Die Menschen hatten ein asiatisches

Aussehen und in ihren Tempeln huldigten sie Buddha. In jeder neuen Stadt suchte Leonard mindestens einen Tempel auf, es tat ihm gut. Eine Spende gab er regelmäßig, den Segen eines Mönchs erbat er nur selten. Sein Weg war ihm nicht klar und die Rückkehr noch nicht gewiss. Das aber erzählte er ihr nicht. Später, beim Kaffee, kam seine Kellnerin wieder zu ihm, stellte sich vor: „Mein Name ist Yath. Es tut mir leid, es sind so viele Gäste heute da gewesen, ich habe gar keine Zeit." Sie unterhielten sich einige Minuten über ihre Reisepläne in Europa, und Leonard schlug ihr vor, dass sie ihn besuchen kommen könne, wenn sie das Geld für ein Hotel sparen wolle. Seine Stadt sei interessant und er würde ihr gern alles zeigen. Sie brachte ihm einen Zettel und Stift und verlangte, er solle seine Adresse und sein Telefonnummer aufschreiben. Dann verschwand sie nach hinten zu ihren Kolleginnen, die sich den Zettel anguckten und miteinander lachten und auf ihre Mobiltelefone schauten und seine Stadt und Straße heraussuchten. Bevor er zahlte setzte sie sich zu ihm, ihr Chef war nicht mehr da. „Ist es nicht so, dass man in Deutschland besonders gute Berufsausbildung machen kann? Vielleicht kann ich länger bleiben und eine Ausbildung machen?" Leonard sah sie nachdenklich an. Auch sie stellte sich Dinge, die passieren könnten, wie selbstverständlich vor, Dinge, die geschehen wollen. Etwas später sagte sie: „Ich frage meine Mutter. Sie weiß sicher wo das Buch ist. Wenn du morgen Abend wiederkommst, kann ich dir das Buch bestimmt geben." Und so schlug Leonard wieder nicht vor, nach Feierabend etwas trinken zu gehen und verbrachte erneut eine Nacht und einen Tag damit, den nächsten Abend abzuwarten.

Am Nachmittag ging er am großen See der Stadt spazieren, ein verschlungener Spazierpfad führte um ihn herum. Wer nicht stehen blieb, würde etwa eine Stunde dafür brauchen. Leonard blieb immer wieder stehen. Es gab viel zu sehen. Baumhörnchen spielten in den Ästen der Schatten spendenden Bäumen, sammelten das Eßbare ein, das Menschen ihnen in die dafür an den Stämmen angebrachten Futterschalen getan hatten, Familien fuhren auf vielsitzigen Fahrrädern, Verliebte fütterten Tauben oder ließen Fische frei, die eigens zu diesem Zweck verkauft wurden. Als Leonard in die Eimer der Fischverkäuferin guckte, schien in dem einen ein gewaltiger Strudel zu sein, so schnell schwammen all die kleinen Fische richtungsgleich in einem Kreis andauernd umher. Zwei von diesen ließ er frei in den See, auf dem Paare und kleine Kinder mit Tretbooten fuhren. An einer Stelle wurde auf einer Bühne zu Musik getanzt, Umherstehende hatten sich hier versammelt, um das zu imitieren, hatten Freude dabei und schwitzten trotz der hohen Temperatur überraschend wenig. An der Nordseite bildeten eine Reihe von Essensständen einen kleinen Markt, am Boden unter Planen, die vor Sonne und Regen gleichermaßen schützen konnten, aßen Familien, Paare, Freunde. Leonard gehörte nicht dazu, nicht, weil er der einzige Ausländer war, sondern weil er auf unerklärliche Weise nicht Teil des Geschehens war. Er stand neben der Fülle des Lebens an diesem See und konnte nur zuschauen, als wäre dieser Ort eine Filmleinwand und er gar nicht dort, sondern nur ein Besucher im Lichtspielhaus. Eine junge, gutaussehende Mutter, hatte die eingekauften Mahlzeiten in mehreren Tüten an den Lenker ihres Motorrollers gehenkt, der kleine Sohn stand vor ihr auf dem Bodenblech, das fast noch Baby saß hinter ihr, schlief selig oder lächelte wenigstens mit geschlossenen Augen, während es sich instinktiv an ihrer Hüfte festhielt und die Wange am unteren Rücken anlehnte. Sie hatte das Motorrad bereits gestartet, aber fuhr noch nicht los. Leonard staunte über das schöne Bild dieser drei Menschen, die doch nur schnell Essen eingekauft hatten. Ein achtjähriges, dünnes Mädchen näherte sich von hinten ziemlich schnell auf bunten Rollschuhen, bremste mit einer Schleife plötzlich ab und kam mit einem kleinen Sprung im Damensitz hinter dem Kleinstkind auf dem Motorrad zu sitzen. Dabei aß sie frisch fritiertes Gebäck. Sobald ihre leichte Hose, die vielleicht ein Pyjama war, den Sitz berührte, fuhr die Mutter los. Vier glückliche Menschen in einem selbstverständlichen Fluss auf einem Motorrad dem gemeinsamen Abendbrot entgegen. „Diese Stadt ist schön. Ich könnte mich hier niederlassen." Und er stellte sich einen weiteren Verlauf mit Yath vor. „Irgendwie muss es mir gelingen einzurichten, mit ihr einige romantische Tage am Meer zu verbringen." Das Meer schien ihm ein wichtiges Moment zu sein. Es bedeutete, dass sie keine Verpflichtungen hatten und fern von ihrem Alltag waren. „Damit es eine Fortsetzung ist, wenn sie nach Europa kommt." Und er sprach es für sich allein und nur in seinen Gedanken noch einmal aus: „Eine Fortsetzung. Das ist wichtig." Er stellte sich vor, dass sie gemeinsam erst einen zweitägigen Ausflug in eine nahe gelegene Stadt machen würden. Kalasin schien ihm dafür geeignet zu sein, das Städtchen war nur zwei Stunden mit dem Bus entfernt. Wenn diese Tage heiter wären und sie sich mehr vertrauten, könnten sie nach Thatphanom fahren. Dort steht ein Tempel, von dem Leonard wusste, dass er in der ganzen Region, wenn nicht sogar im ganzen Land, sehr beliebt war. Dorthin zu fahren wurde als glückbringend empfunden, und wenn ein Mann und eine Frau gemeinsam dorthin reisten, war das sehr romantisch. Danach würde alles ganz einfach werden. Sie würden von der nächsten Stadt aus nach Bangkok fliegen und von dort ans Meer, irgendwo ans Meer, wo das Wetter gerade gut war, wohin sie Lust hatten.

Als er am Abend in das Restaurant kam, sagte sie: „Es tut mir so leid, meine Mutter hat das Buch weggegeben, Sie dachte, ich bin nun zu alt dafür und brauche es nicht mehr." Sie machte eine kurze Pause. „Außerdem habe ich ein Problem: Mein Visumsantrag ist abgelehnt worden. Ich muss morgen in die Hauptstadt fahren und einen Widerspruch einlegen. Ich werde mindestens drei Tage dort bleiben. Was wirst du jetzt tun?" Dinge die sich zu ergeben sträuben, lassen sich noch schlechter erzwingen. Zumindest war das ungefähr der Gedanke, den Leonard hatte. Er glaubte, sie jetzt gehen lassen zu müssen, damit sie sich in einer Zukunft wiedersehen würden. „Ich werde wohl morgen weiter in den Norden fahren. Dort ist es die Stadt Kalasin, die ich noch nicht kenne, und das Städtchen Thatphanom, in dem ich einen Tempel aufsuchen möchte. Des Weiteren weiß ich es noch nicht. Ich möchte noch einmal an das Meer bevor ich zurückreise, aber ich weiß noch nicht wo. Ich weiß es nicht genau." Sie redete eine Weile mit ihren Freundinnen, den anderen Kellnerinnen. Dann schrieb sie ihm den Namen eines Tempels auf: „Dieser Ort in Kalasin ist schön, dort solltest du hingehen." So verabschiedete er sich von ihr an diesem Abend, ohne sich auch nur einmal außerhalb des Restaurants mit ihr getroffen zu haben, und war dennoch zuversichtlich, von der Phantasie, die er in sich trug. Als Leonard schlafen ging, war er fest davon überzeugt: „Dies ist nur eine vorübergehende Verzögerung. Ich werde noch meine Woche mit ihr auf einer Insel verbringen. Auf dieser Reise."

Tatsächlich war sie sehr enttäuscht. Sie hatte geglaubt, er würde diesen Abend auf jeden Fall mit ihr verbringen wollen, weil es ja ihr vorerst letzter Abend in Khon Kaen war. Und warum sollten sie nicht nach einer außergewöhnlichen Nacht gemeinsam nach Bangkok weiterreisen?

Leonard hielt an seinen Plänen zu den beiden anderen Orten weiterzureisen fest, weil er nicht wusste, was er sonst machen sollte. Es galt einige Zeit zu überbrücken, bis die Dinge wieder den Lauf nahmen, der ohne Zweifel vorgesehen war. Und dann würden sie sich schon wieder treffen, ihm blieben noch siebzehn Tage bis zu seinem Rückflug. „Irgendwie werde wir am Ende noch eine Woche gemeinsam verbringen, das sollte sich einrichten lassen", wiederholte er sich, um Zuversicht zu erzeugen. Das gelang ihm, er glaubte seinen eigenen, unbegründeten Einflüsterungen, und war daher geradezu gut gelaunt, als er an diesem Abend schlafen ging.

3. Die Weiterreise

Während der Busfahrt nach Kalasin teilte Leonard seine Beobachtungen, die er aus dem Fenster machte, in Gedanken mit Yath. Und als er sein Zimmer in dem Ort bezog, entdeckte er in dem Raum dieses und jenes Detail, von dem er sicher war, es würde ihr gefallen. Gleich für den nächsten Tag bestellte er bei seiner Vermieterin eine Transportmöglichkeit zu dem Tempel, den Yath ihm empfohlen hatte. Der lag weit außerhalb, er musste einen Wagen mit Fahrer mieten.

Am nächsten Tag regnete es in Strömen. Im Inneren des Taxis war eine unwirkliche Trockenheit. Nach einer Stunde, fuhr der Wagen in einen Waldweg und der Fahrer hielt. Mit einer vagen Bewegung der Hand wies er Leonard die Richtung, in die er zu gehen hätte. Leonard verließ zum ersten Mal an diesem Tag das Trockene und betrat den Regen, nahm einen tiefen Atemzug, als sei er erst jetzt im Wirklichen angekommen. Er hatte einen Schirm, den er aufspannte, und so ging er tiefer in den

Wald. An einem Grenzstein kam ihm ein kleiner Junge entgegen, der keine Schuhe trug. Der rotbraune Wegschlamm quoll bei jedem Schritt zwischen seinen kleinen Zehen hindurch. Er blieb vor Leonard stehen, nickte ihm zu, dreht wieder um, forderte ihn mit einem Blick auf, zu folgen und ging voran. Sie erreichten eine Buddha-Statue unter einem Baum, ein verflochtenes Wipfeldach und einen Mönch, der in einiger Entfernung mit dem Rücken zu ihnen im Regen saß. Leonard wollte stehen bleiben und die Einzelheiten betrachten, aber der Junge schüttelte den Kopf und führte ihn weiter. Einige Minuten gingen sie durch dichten Waldbewuchs, bis sie auf einen sauber gearbeiteten Weg stießen, der in einem weiten Quadrat an einem breitem Graben entlanglief. Im Inneren des Grabens, auf einer ebenen Fläche mit nur wenigen kleinen Bäumen, stand eine schmucklose Tempelhalle aus Holz. Sie gingen den Weg am Graben entlang, bis sie zu der einzigen, kleinen Holzbrücke kamen. Auf dem Geländer saßen rechts und links zwei Waldpfauen, welche nicht den Jungen, aber Leonard, sehr aufmerksam betrachteten. Er wollte stehen bleiben, um die Vögel aus der Nähe zu bestaunen und sie nicht zu verschrecken, doch der Junge forderte ihn mit einer Geste auf, die Brücke zügig zu überqueren. Die Pfauen blieben sitzen, als Leonard dicht an ihnen vorbeiging. Von Nahem sah er, dass die Außenwand der Tempelhalle aus einer Reihe von Holzpfählen bestand, zwischen denen jeweils eine gute Handbreit Freiraum war. Somit waren es keine Wände, sondern zwei Säulenreihen, die ein sauber gearbeitetes Spitzdach aus unbemaltem Holz trugen. Die vielen kleineren Tiere des Waldes, Geckos, Schlangen, Hörnchen, Ratten, kleine Vögel, Mücken und Spinnen konnten also nach Belieben in das Innere. An der Stirn und Rückseite der kleinen Halle, war auch keine Wand, sondern eng nebeneinander gespannte dünne Schnüre, die aus der Ferne den Eindruck einer Wand schufen, den Wind aber hindurchließen. Zwei Holzrahmen, in denen ebenfalls Schnüre gespannt waren, bildeten die Tür. Sehr nah um die luftige Halle war ein weiterer, schmaler Graben - für viele Kriechtiere ein Hindernis -, zum Türrahmen führte eine vierstufige Treppe mit einem Geländer, auf dem rechts und links zwei weitere Waldpfauen, ein männlicher und ein weiblicher, saßen. Der Junge wusch seine nackten Füße in dem kleinen Graben und Leonard zog seine Schuhe aus, betrachtete die Vögel. An vielen Tempeleingängen hatte er in der Vergangenheit Abbildungen von Pfauen in das Türholz oder die Steinmauer gearbeitet gesehen, ohne zu wissen, welche Bedeutung sie hatten. Hier waren diese Vögel zum ersten Mal tatsächlich. Er wünschte, es wäre jemand hier, der ihm die Bedeutung erklären könnte. Er würde dies Yath fragen, wenn er zurück zu ihr kam. Er würde zurück zu ihr fahren, dies entschied er in diesem Augenblick. Und er würde sich nicht all zuviel Zeit bis dahin nehmen, gerade genug, bis sie ihre Angelegenheiten in Bangkok erledigt hatte. Und dann endlich würden sie gemeinsam auf irgendeine Insel fahren und dort eine Woche gemeinsam verbringen, bevor er zurückflog. Leonard öffnete einen Türflügel, ein Pfau flog auf, landete wenig entfernt am Boden, im unveränderten Regen.

Im Inneren der Halle war Stille, untermalt von dem Regen, der auf das Dach prasselte. Eine Buddhastatue aus Holz, es, der Boden, war vollkommen sauber, kein Tier war im Inneren, das Unterschlupf vor der Nässe suchte. Leonard ging gemeinsam mit dem Jungen auf die Knie, verbeugte sich dreimal vor der Buddhastatue, fügte im Stillen etwas hinzu und schaute sich noch einige Momente um, genoß den Augenblick, dehnte ihn aus, solange er konnte, bevor er wieder aufstehen würde. „Dies wird niemals wiederkehren. Es ist einer der unwirklichsten Orte, den ich jemals gesehen habe. Und doch kommt mir alles so wahrhaftig vor, wie es nur in einem Traum sein kann." Er schaute zwischen den Pfahlsäulen durch die blaßblaue Regenwand in den verschwommenen grünen Wald, der Junge war schon wieder aufgestanden, aber einen Moment würde er noch sitzenbleiben, den niemals wiederkehrenden Augenblick verweilen lassen, um ihn sich einzuprägen, um in Gedanken und Phantasien hierhin zurückkehren zu können. „Ich danke dir Yath, für diesen Hinweis." Er hatte sich erneut dreimal verbeugt, stand wieder auf, und folgte dem Jungen ins Freie. Zusammen betrachteten sie einige sehr große Fische im Graben, die der Junge mit wenigen Schlägen gegen das Geländer angelockt hatte. Danach, in dem immer noch strömenden Regen, brachte der ihn zurück durch den Wald zu seinem Wagen, den Schirm ablehnend, den Leonard auch über ihn halten wollte. Naß zu werden bringt keinen Schaden. Der Taxifahrer warf dem Jungen einige Scherzworte entgegen, die Leonard - auch wenn er sie nicht verstand - ein wenig zu grob schienen. Er versuchte sich angemessen bei dem Kind zu bedanken und stieg wieder in das Trockene.

Am nächsten Tag fuhr er mit dem Fahrrad durch Kalasin und bemühte sich, dem Ort Interesse entgegen zu bringen, mehr, weil er sich das bereits vorgenommen hatte. Doch er wusste, „ohne sie ist es gar nichts", und das, wofür der Weg hierher gewesen war, hatte er bereits gesehen.

Schon am nächsten Morgen nahm er den Bus nach Thatphanom, eine vierstündige Fahrt durch ein steiles, waldiges Gebirge, hin und wieder gesäumt von Affen, die dem hupenden Gefährt nur mißmutig Platz machten. Leonard hatte Thatphanom bereits dreimal zuvor in seinem Leben besucht. Auf der Landkarte seiner eigenen Welt war dies der Ort zur inneren Einkehr und zur Formulierung jener Wünsche, die sich erfüllten. Hier stand eine Pagode, die im ganzen Land hoch verehrt war, und die an jedem Tag von einigen Pilgern dreimal umrundet wurde, so wie es bei anderen Tempeln nur an bestimmten Tagen geschah. In dem einzigen Hotel dieser sehr kleinen Stadt arbeitet ein alter Oberkellner, den Leonard auf mehreren Reisen in der Vergangenheit schon an ganz unterschiedlichen Orten in ganz verschiedenen Situationen begegnet war, da der im Laufe seines Lebens in vielen unterschiedlichen Hotels des Landes angestellt gewesen war. Gemeinsam mit diesem Mann kniete Leonard am nächsten Morgen auf der Straße, die langsam in einer schweigsamen Reihe gehenden Mönche erwartend, um ihnen eine Spende zu geben und einen Segen zu erhalten. Danach, am selben Tag, suchte Leonard die Pagode auf, umrundete sie dreimal und äußerte ein Wunschkonglomerat. Eine gute Zeit mit Yath auf dieser Reise zu verbringen war Teil dieses Geflechts. Schon am darauffolgenden Tag verließ er seinen Ort der diesmal sehr kurzen Einkehr wieder und machte sich voller Zuversicht auf den Weg zurück nach Khon Kaen, sechs Stunden mit dem Bus, die er zu überdauern hatte, bevor endlich die Verzögerung zwischen ihm und ihr überwunden sein würde.

4. Die Rückkehr

Der Bus war älter und heruntergekommener, als alle anderen Busse, die Leonard auf Reisen durch dieses Land schon benutzt hatte. Der Busfahrer war wenig vertrauenserweckend, er hatte eine eigentümlich unkoordinierte Art sich zu bewegen, als er den Bus bestieg. Seine Busbegleiterin und Fahrkartenkontrolleurin war eine kleine dicke Frau mit einfältigem Gesichtsausdruck und kurzen Fingern. Kaum waren sie los gefahren, stoppte er schon wieder, um auszusteigen und in staksigem Gang zu einer entfernten Bude zu gehen, von der er zwanzig Minuten später eine übergroße Tüte belegter Toastbrote mitbrachte. Als er wieder eingestiegen war, betrachtete die dicke Frau die Brote erst eine Weile genüßlich und schnalzte mit der Zunge, bevor sie endlich losfuhren. Der Fahrer und die Kontrolleurin begannen, sich im widerwärtigen Tonfall laut und meckernd zu unterhalten, so dass man glauben mochte, schloß man die Augen, aus einer erbärmlichen Nebenhölle verstoßene, rangniedrigste Halb-Dämonen unterhielten sich miteinander. Leonard entschied, dass er dies auf gar keinen Fall sechs Stunden lang aushalten würde. Zum Glück war der Bus fast leer, also setzte er sich einfach von sehr weit vorn nach sehr weit hinten, um das missklingende Geplapper weniger laut zu hören. Dabei stellte er fest, dass die Wände des Busses nach hinten hin immer stärker verschimmelt waren. Die Seitenverkleidung war aufgebrochen, Styropor bröselte heraus, bewachsen von grünen und schwarzen Punktformationen, von denen ein fast chemisch-beißender Geruch ausging. Leonard blieb nichts anderes übrig, als sich wieder nach vorn zu setzen. Glücklicherweise verstummte der unerträgliche Dialog zwischen den beiden Busdämonen bald. Eine Weile konnte Leonard nun ungestört aus dem Fenster schauen und sich seine erneute Begegnung mit Yath ausmalen. Ohne dass der Fahrer es selbst bemerkte, begann der irgendwann Selbstgespräche zu führen, kommentierte grimmig mit der Stimme verschiedener Comicfiguren Verkehrssituationen, tatsächliche und eingebildete, hupte hin und wieder ohne ersichtlichen Anlass äußerst aufgebracht. Leonard entstand der beunruhigende Eindruck, dass dieser Mann schwer psychisch gestört war, dringend in eine Behandlung gehörte und keinesfalls hinter dem Steuer eines Busses sitzen sollte, den er eigenverantwortlich über mehrere hundert Kilometer durch ein Gebirge zu steuern hatte. Um diesen Eindruck abzurunden, blies der Fahrer irgendwann Luft in eine kleine, durchsichtige Plastiktüte und stellte sie auf seinen Kopf. Die Tüte war viel zu klein, um auch nur ansatzweise bis zu seinen Ohren zu reichen oder als irgendeine Art von Mütze zu genügen, und dennoch stand sie überraschen aufrecht von der einmaligen Atemluft gefüllt auf seinen glatten, schwarzen, seitengescheitelten Haaren. Und dort blieb sie stehen die nächsten vier Stunden unverändert, von all dem besessenen Schwatzen nicht aus dem Gleichgewicht gebracht, bis zu ihrem Ziel.

Als Leonard in Khon Kaen aus dem Bus stieg, war er so froh und erleichtert, dass er sogar die Idee hatte, ein gemeinsames Foto mit dem Busfahrer und seiner aufgeblasenen Schwachsinnstüte auf dem Kopf zu machen. Der aber wies das empört von sich und riß sich die Plastiktüte mit einer beleidigten Geste vom Kopf. Einige umherstehenden Motortaxifahrer lachten sehr und Leonard auch. „Sie an, wir können sogar Spaß miteinander haben." Nur scheinbar beleidigt stapfte der Busfahrer in Richtung des nächsten Imbisses, wohl wissend, dass er die Bühne seines Busses im Schlaf beherrschte.

Leonard ging zum Taxi-Stand und nahm einen Wagen in die Stadt, zu einem anderen Hotel in einem anderen Stadtteil als das letzte Mal. Er würde die Stadt von einer anderen Warte aus, mit einem neuen Rhythmus betrachten, und sie nun endlich von dort entführen. Nachdem er in das Hotel eingecheckt hatte, duschte er sich, zog sich frische Kleidung an und machte einen kleinen Spaziergang. Es war erst früher Nachmittag. Er wollte das Restaurant erst zu vorangeschrittener Stunde, nicht allzulange vor dem Feierabend der Kellnerinnen, aufsuchen. Selten in seinem Leben war er so siegesgewiß wie an diesem Nachmittag. Die Dinge zwischen ihr und ihm waren sowieso vorhergesehen im Lauf der Dinge, und nun hatte er dazu noch seinen Wunsch am Tempel von Thatphanom geäußert. Nichts mehr würde ihn nun noch aufhalten können, alles würde gelingen.

Im Spazieren erkannte ihn ein Essensverkäufer wieder als den Mann, der früher schon hier gewesen war, und eine Absicht gegenüber einem Mädchen gehabt hatte. Und ohne Leonard zu grüßen oder auch nur anzusehen, signalisierte er ihm, sein Wissen über die Situation, indem er auf einer kleinen Musikanlage ein seit Jahrzehnten in der ganzen Welt bekanntes Rocklied abspielte, dessen Text zu einer eingängigen Melodie grob übersetzt aussagte, dass jeder Mann nun bloß seine Töchter und Frauen zuhause einschließen solle, weil ‚ich‘ nun zurück in der Stadt sei, und nicht nur zurück, sondern darüber hinaus äußerst gefährlich sei, so wie Dynamit, und ohne Zweifel könnte ‚ich‘ jederzeit explodieren, und das war ungefähr gleichbedeutend mit: dass ‚ich‘ mir jede Frau, die mir gerade gefällt, einfach nehme, denn wer schon würde sich dem Dynamit in den Weg stellen. Und die Melodie begleitete Leonard wohlwollend, eine Siegeshymne auf seinem Weg, selbst noch als er erneut duschte. Dann zog er sich ein frisches Hemd an und fuhr zu dem Restaurant.

Ihre Freundin begrüßte ihn mit betretenem Gesichtsausdruck und nahm seine Bestellung auf. Yath kam kurz danach an den Tisch. Sie hielt sich nicht mit Freundlichkeiten auf: „Was tust du hier? Wieso bist du zurückgekommen? Ich habe sehr viel zu tun. Ich habe überhaupt keine Zeit. Ich habe mich um so viele Dinge zu kümmern. Warum bist du wieder gekommen?"

Leonards Absichten und Pläne, die ihm auf einem festen Fundament geruht zu haben schienen, fielen zusammen, als seien sie nichts weiter als ein dahin gezimmertes, wirres Hirngespinst. Er würde keine Woche mit ihr verbringen. Er würde den Rest dieser Reise sehr allein sein. Und folgerichtig würde er sie auch niemals später wieder sehen. Alles was er in den letzten Tagen zu diesem Thema angenommen und geglaubt hatte, stellte sich in diesen wenigen Sekunden als vollständig falsch heraus. Und was vielleicht noch schlimmer war: Die Macht des Pagode, den Ort seiner Einkehr und Wunscherfüllung, war in Frage gestellt.

Zwei junge Thailänder, Diener der Pagode, die Leonard unauffällig über das Gebirge gefolgt waren, gingen an dem Restaurant vorüber, blieben stehen und betrachteten die Szene sehr genau. War der Wunsch dieses fremden Mannes, der nicht zum ersten Mal zu dem Tempel gekommen war, auf diesen Ort gerichtet?

„Ich muss morgen die Stadt erneut verlassen", sagte sie. Er hielt das für eine Ausflucht und hatte Recht damit.

Sie hatte ein Interesse an ihm gehabt, aber den Eindruck gewonnen, dass er sich nur für die blöde Geschichte interessierte, die in irgendeinem ihrer Kinderbücher stand, und nicht für sie. Er war weitergefahren, hatte sie zurückgelassen, und also hatte sie einen Schlussstrich gezogen. Gerade erst vor zwei Tagen hatte sie einen gefunden, der vielversprechend war, und die Dinge hatten sich in den letzten beiden Nächten zügig entwickelt. Warum tauchte dieser nun wieder auf?

Leonard bestellte, als sei er nur ein Gast, aß seine Pizza mit Haltung, genoß ihren Geschmack, kostete die seltsame Niederlage aus, bestellte hinterher ein Eis und Kaffee. Als er zahlte wechselten sie einige Freundlichkeiten, die bedeuteten, dass er nunmehr nur ein Gast und sie die Kellnerin war.

Tief getroffen buchte Leonard am selben Abend einen Flug in den Süden, irgendwo nach Süden, möglichst weit weg von diesem Restaurant.

5. Irrfahrt

Im Süden des Landes gibt es viele Inseln, auf der größten bezog Leonard ein Zimmer. Er hatte einen Ort ausgesucht, der nicht im geringsten idyllisch war, weil er sich kannte und ahnte, dass sonst die Enttäuschung und das dadurch resultierende Gefühl der Einsamkeit besonders schwer zu ertragen gewesen wäre. Hier, in der lebhaften und beinah städtisch überreizten Atmosphäre würde er viele Möglichkeiten haben, sich abzulenken, „wer weiß, vielleicht ergibt sich sogar etwas Neues". Er hatte in früheren Jahren die Erfahrung gemacht, dass an einem neuen Ort auch die Gedanken und Interessen sich sehr schnell verändern können, und was eben woanders noch sehr wichtig war, dann mit einem Mal weit weg und schon wieder unbedeutend war. Einige Tage sah er sich um, das Schwimmen im Meer tat ihm gut, dann holten ihn die Gedanken wieder ein. „Ich werde es kaum ertragen können, die letzten Tage meiner Reise hier still zu stehen." Und er reiste einige hundert Kilometer weiter, an einen anderen Küstenort, der noch weniger Ruhe versprach, weil er vollkommen von Touristen - meist aus China und Indien - überlaufen war. Hier bemühte er sich auf jede Art, die ihm einfiel, Abwechslung zu erlangen und irgendein neues Kapitel aufzuschlagen, damit er nur nicht in der vorausgegangenen Enttäuschung verharren müsste. In einer Bar begegnete er in der Nacht einer jungen Frau mit hübschem Gesicht und schlechter Reputation. Sie trug eine sehr kurze Hose und ein knappes, ärmelloses Hemdchen, so dass ihre langen, schlanken, dünnen Arme und Beine deutlich zu sehen waren. Unter etwas anderen Umständen hätte sie vielleicht als ein Modell für eine Modefirma auf einem Laufsteg arbeiten können, wären da nicht die großen, groben und nur wenig miteinander abgestimmten Tätowierungen auf ihren Armen, dem einen Oberschenkel und wahrscheinlich auch auf dem Rücken gewesen. Sie sah nett aus. Als Leonard ihr ein zweites Mal ins Gesicht schaute, und sie noch immer unverändert dieses etwas zu breite Grinsen hatte, nahm er an, dass sie nicht nüchtern und wohl nicht Alkohol der Grund für diesen Zustand war. Sie rückte näher neben ihn, sehr nah und stellte klar: „Ich bin sehr erschöpft. Heute Abend habe ich schon viel Arbeit gehabt. Nun will ich nur noch schlafen gehen. Vorher trinke ich noch einen Whiskey mit dir. Aber ich werde dich heute nicht in dein Hotel begleiten." Leonard hatte zwar noch nicht die Idee gehabt, ihr das vorzuschlagen, fand es nun aber bedauerlich, dass diese Möglichkeit bereits ausgeschlossen war. Sie tippte eine Weile auf ihrem Mobiltelefon und startete dann einen Animationsfilm, den sie gemeinsam guckten: Ein Junge, der in einem See zu ertrinken droht, schon bis auf den Grund herabgesunken ist, wird von einer toten Meerjungfrau gerettet. An dieser Stelle sagte sie zu Leonard: „Sie ist schon tot." Als er, kaum am Ufer, die Augen wieder aufschlägt, sieht er in ihr Gesicht und verliebt sich in sie. Sie versucht das zu verhindern, aber er kann nicht von ihr lassen, folgt ihr ins Wasser und gewinnt sie schließlich, sie umarmen und küssen sich. Dann nimmt das Gesicht des Jungen denselben Grauton an, den ihr Gesicht schon vorher hatte und der Film ist zu Ende. „Jetzt sind beide tot", stellte sie sachlich fest, schaltete das Telefon aus und fügte hinzu: „Ich gehe jetzt schlafen. Vielleicht sehen wir uns morgen wieder?" „Vielleicht." Nachdenklich spazierte Leonard noch eine Weile durch die Nacht. Die Wirklichkeit mit all ihren Wesen hat weitaus mehr Schichten, als wir für gewöhnlich erkennen können. Und in diesem Land, in dem es nicht üblich war, die Toten in Kisten unter der Erde einzusperren, mischten sich weit häufiger Geister von Verstorbenen unter die Lebenden, nicht immer um ihnen zu schaden. Mitunter unterzogen sie einzelne Menschen einer Prüfung oder halfen ihnen ohne ersichtlichen Grund. Es gab auch andere Wesen, die in der Vorstellung des Einzelnen die Gestalt eines Menschen annehmen konnten, und diese sind so vielfältig, dass es kaum möglich ist, etwas Allgemeingültiges über sie zu sagen. Dieser Umstände war Leonard sich aber in dieser Nacht nicht bewußt. Er hielt sie für eine wirkliche Frau und in ihm begann die Idee zu wachsen, die nächste Nacht mit ihr zu verbringen. Vom Meerjungfrauen-Film ausgehend schweiften seine Gedanken zu der Badewanne in seinem Hotelzimmer ab, die er - ohne dabei an den Tod zu denken - mit ihr zusammen benutzen könnte, sollte, würde die nächste Nacht. Yath war unverändert in seinem Kopf, aber dieses andere Mädchen aus der Nacht war dazu getreten und eröffnete eine weitere Möglichkeit, die vielleicht zu nichts Eigenem führte aber doch etwas Vorausgegangenes abschließen konnte. „Und somit könnte das gut sein", sagte Leonard sich und ging schlafen.

Den Tag verbrachte er mit kleineren Spaziergängen, wenigen Betrachtungen und kleineren, beiläufigen Mahlzeiten. Am frühen Abend ging er wieder in die Bar. Sie saß am Eingang, lächelte, und bestätigte, sie sei ausgeschlafen und habe Zeit. Gern würde sie ein, zwei Stunden mit ihm verbringen, allerdings nicht in seinem Hotel, sondern in ihrem Raum, den sie in den Stockwerken über der Bar hatte. Dieser Vorschlag war profan, eindeutig und wenig geeignet, auf günstige Weise eine neue Entwicklung anzustoßen. Leonard zögerte. Die ganzen Gedanken, die er in den letzten Stunden mit ihr gehabt hatte, waren ein Irrweg gewesen. In der Nacht zuvor hier ziellos durch die Gegend gegangen zu sein, diese Bar aufgesucht zu haben, war ein Irrweg gewesen. „Es tut mir leid, ich kann nicht mit auf dein Zimmer gehen." Sie schien überrascht, betrachtete ihn aber auch wohlwollend. „Dann vielleicht morgen?" „Vielleicht." Und so ging er wieder ziellos und auf andere Weise verwirrt durch die Nacht. Sie folgte ihm dabei auf Schritt und Tritt in verschiedenen Gestalten, ließ ihn weitere Begegnungen mit scheinbaren Frauen haben, die mit dem Voranschreiten der Nacht in immer schnellerer Folge auf ihn trafen. Schließlich wurde es Leonard zu viel, er rief: „Stopp!", sie ließ von ihm ab und ein Motorradtaxifahrer hielt. Von dem ließ er sich in schneller Fahrt durch ein Straßengewirr zurück in sein Hotel bringen.

Wenn er auf Reisen war und häufig das Hotel wechselte, kam es vor, dass er sich am Morgen, unmittelbar nach dem Aufwachen fragte, wo er war. Meist dauerte es dann einige Sekunden - die ihm länger vorkamen - bis er allmählich einkreisen konnte, in welchem Land, welcher Stadt, welchem Hotel er aufgewacht war. Als er an diesem Morgen aufwachte, fragte er sich orientierungslos: „Wer bin ich?", und er spürte, dass er Gefahr lief, sich zu verirren.

Er verzichtete auf ein Frühstück, duschte nur und suchte den einen Tempel dieser vielgeschichteten Stadt auf, erbat den Segen des einzigen, sehr alten Mönchs, der dort auf ihn zu warten schien. Am Nachmittag ging er zu einer Massage, um auch seinen Körper zu entspannen. Die Masseuse schlug ihm vor, zwei verschiedene Arten der Massagen direkt hintereinander zu buchen. Ein derartiger Vorschlag war ihm noch nie gemacht worden, da er aber nicht nur keinerlei Pläne hatte, sondern auch nichts Bestimmtes mit seiner Zeit anzufangen wusste, stimmte er zu. Schon nach wenigen Minuten bereute er es. Die Masseuse war sehr gesprächig und neugierig noch dazu. Sie erzählte von ihrem Alltag, immer wieder ungebrochen von Fragen, die sie an ihn hatte. Sie interessierte sich für seinen privaten Dinge. Wenn sie eine Vokabel scheinbar nicht wusste, fragte sie ihn, ließ ihn verschiedene Verwandschaftsverhältnisse auf Englisch übersetzen und wiederholte sie nachdenklich, erkundigte sich, wieviele Personen in diesem Verhältnis zu ihm standen, hatte weitere Fragen, und erst wenn es ihm offensichtlich zu viel wurde, begann sie wieder von sich zu erzählen. Bei der abschließenden Fußmassage bearbeitete sie ihn überraschend kräftig mit einem kleinen Holzstock und hatte sich nun übergeordneten Themen zugewandt. Sie interessierte sich für die verschiedenen Formen von Engeln, die jeweilige Übersetzung und wo sie wohnten, in der Luft, im Himmel, in welchem Himmel, und ob dies derselbe sei, durch den all die verschiedenen Wolken zogen. Sie hatte Worte für die verschiedenen Engelsformen in unterschiedlichen Sprachen, riss die Augen weit auf, wenn sie ihre Namen aussprach und ihm gleichzeitig Schmerzen an den Füßen bereitete, und bestand wieder und wieder darauf, dass er die Worte wiederhole. Die Prozedur war anstrengend, aber seltsamerweise besserte sich Leonards Laune dabei. Als er sich von ihr verabschiedete und auf die Straße trat, war sein Schritt leichtfüßig, seine Beine schienen mit zusätzlichen Sprungfedern ausgestattet zu sein. Nur war er jetzt sehr müde. Im Hotel ließ er alles andere fahren und legte sich schlafen.

6. Das Sing-horn

Im Traum ist Leonard kein anderer, aber er ist von den Gesetzen der Physik befreit. In diesem Traum schwebt er, eine ganze Weile, einfach so, zum Vergnügen, gleitet er durch die Luft, dicht über dem Boden, einer grünen Aue auf der bläuliche Wesen weiden, über einem Bach, erst verschlungen, geruhsam, dann schneller, rauschend, ein Wasserfall, Leonard ist jetzt höher, fliegt. Eines der bläulichen Wesen hat sich zu ihm gesellt, es ist ihm wohl gefolgt. Es hat den wohlwollenden Kopf eines Elefanten und dem kräftigen Körper eines Löwen. Gemeinsam gleiten sie nebeneinander her, in kindlichem Vergnügen. Als Leonard aufwacht, ist der Gedanke glasklar in seinem Kopf: „Fahre auf die Insel Semud." Er ist froh, dass die Entscheidung gefallen ist und in dieser Eindeutigkeit. Er wird nicht zögern, sie umzusetzen. Als er aufsteht, sieht er vor dem Fußende seines Bettes das blaue Wesen liegen, nicht größer als ein Hund. Es betrachtet ihn wohlwollend. Es ist weder ein Elefant noch ein Löwe, sondern ein Sing-horn, ein Wesen der höheren Lüfte. Leonard, dem Traum gerade erst entstiegen, wundert sich nicht, es am Fuße seines Bettes vorzufinden. Die Dinge sind wie sie sind, und alles ist richtig. Er weiß nun, wohin er zu gehen hat. Der Sing-horn wird ihn begleiten.

Während Leonard sich an der Hotelrezeption abmeldet, ist das Wesen nicht zu sehen, dann, als er auf den Bus wartet, sitzt es wieder neben ihm. Zu diesem Zeitpunkt kann nur Leonard das Sing-horn sehen, die anderen Reisenden und Wartenden spüren seine Anwesenheit auf eine diffuse, unbewußte Weise und lassen Leonard den Raum, den er braucht, um sich mit dem Wesen auszutauschen. „Du bist mir aus dem Flugtraum gefolgt." Das blaue Wesen mit dem elefantenähnlichen, bläulichen Kopf hat weder eine feste Form noch benutzt es eine Sprache. Dennoch spricht es auf seine Weise mit Leonard, der dessen sehr viel umfassenderen Aussagen in eigene, schmale Worte presst, in dem Bemühen, es seinem Begreifen verständlich zu machen, um von dem Ganzen wenigstens ein Kleines zu verstehen. Daraus resultiert der Dialog in Leonards Denken: „Wieso fahren wir auf die Insel Semud? Ich war schon einmal dort, es gibt schönere Gegenden, die wir erreichen könnten." Das Sing-horn lächelte wohlwollend und Leonard formte daraus die Worte: „Wir sind nicht auf einer Vergnügungsreise. Ich helfe dir, deine Angelegenheiten zu regeln." „Du meinst meinen Wunsch vom Thatphanom und die Situation mit Yath?" „Dies ist nur der letzte Punkt in einer langen Reihe. Ich meine nicht so sehr deinen in Thatphanom geäußerten Wunsch. Der Tempel erfüllt Wünsche, indem er dir hilft, dich zu verändern, bis du dir die Wünsche schließlich selbst erfüllen kannst - oder aber das Interesse an ihnen verlierst. Ich meine mehr noch und vor allem die ganzen Entwicklungen in den Jahren davor und davor und davor, so viel zu lange schon in deinem Leben. Ich werde dir helfen das zu korrigieren?" „In den ganzen Jahren zuvor?" „Du bemerkst es schon gar nicht mehr. Du hältst es für normal. Du nimmst an, dies sei nunmal der Lauf der Dinge. Doch das ist Unsinn. Ein Pech ist dir nicht angeboren. Der mißgünstige Zufall stellt sich deinen Bemühungen in den Weg. Der mißgünstige Zufall wendet sich nicht gegen die Schlechten oder gegen die Guten, sondern gegen die, die gerade in der Nähe sind, wenn er seine Launen hat. Der mißgünstige Zufall sucht seine Opfer wahllos, er knöpft sich den Erstbesten vor. Normalerweise. Und normalerweise ist es nicht schwer, ihn abzuschütteln. Der Zufall hat einen kurzen Atem. Wer einen Plan hat und mit Disziplin und Beharrlichkeit an ihm festhält, kann ihn mit Leichtigkeit abschütteln. Normalerweise." „In diesem Fall ist es anders?" „In deinem Fall ist es anders. Du hast dir im Laufe der Jahre eine gewaltige Disziplin zugelegt und bist ein wahrer Meister des Planens geworden. Und dennoch entziehen sich die zentralen Angelegenheiten dir wieder und wieder. Und das tun sie derart zuverlässig, dass du schon beinah annimmst, dies sei ein Naturgesetz, diese Dinge ließen sich nicht planen. Doch das ist nicht so." Leonard hatte Zweifel: „Das erscheint mir übertrieben zu sein. Es stimmt zwar, dass ich meine Pläne, Wünsche und Absichten nicht immer umsetzen kann, aber dennoch ist meine Grundsituation doch recht günstig. Ich fühle mich nicht immerfort vom Pech verfolgt." „Soweit ist es schon mit dir. Du befindest dich meilenweit unter deinen Möglichkeiten und nennst es ‚günstig'. Deine Situation ist deswegen noch erträglich, weil du aus dem Gescheiterten stets versuchst das Beste noch zu machen. Von dort aus greifst du zu Plan B, und funktioniert auch der auf wundersame Weise nicht, hast du noch einen Plan C. Wenn du mich fragst: Inzwischen bist du schon bei Plan Doppel-Z angelangt. Und darum helfe ich dir jetzt, das geht zu weit." „Danke." „Der mißgünstige Zufall agiert wahllos und hat einen kurzen Atem. Normalerweise. Es sei denn, er ist beauftragt worden und hat dich vorsätzlich aufgesucht. In diesem Fall attackiert er dich wieder und wieder, solange er den Auftrag dafür erhält und der Auftraggeber genügend zahlt. Dieser mißgünstige Zufall läßt sich nicht abschütteln. Diesen mißgünstigen Zufall musst du im Kampf besiegen." Der Bus hielt dicht bei ihnen und öffnete seine Türen. „Warum fahren wir auf die Insel?" Das Sing-horn hatte es sich auf dem Dach des Busses bequem gemacht und Leonard beantwortete sich die Frage selbst: „Weil dort der mißgünstige Zufall wohnt."

7. Weiterreise

Irgendwann hielt der Bus auf freier Strecke, um Leonard aussteigen zu lassen. Das Sing-horn sah er nicht. „Es wird gleich jemand kommen, der dich abholt", sagte der Busfahrer und fuhr weiter. Nach einigen Minuten näherte sich aus einer kleinen Seitenstraße ein Moped mit Beiwagen, hielt neben Leonard. Der Fahrer sprach nicht aber gab Leonard mit einer kleinen Geste der Hand zu verstehen, dass er mit seinem Koffer in den Beiwagen steigen sollte. Nach halbstündiger Fahrt über Land erreichten sie einen Fähranleger. Zu seiner Überraschung wollte der Mopedfahrer keine Bezahlung haben. Es gab nur einen einzigen Stand, an dem man die Tickets für die Überfahrt kaufen konnte. Eine junge, dicke Frau mit ungesund glänzenden, in verschiedene Richtungen schauenden Augen stand dahinter. Sie bot eine Überfahrt entweder mit einer Fähre oder mit einem Schnellboot an. Da die Insel noch deutlich vor dem Horizont zu sehen war und es ihm gemütlicher schien, wählte Leonard die Fähre. Die Frau war verstimmt und unternahm verschiedene Anläufe, ihm eine Fahrkarte für das Schnellboot zu verkaufen. Schließlich gab die Verkäuferin nach, entschied aber kurzerhand: „Die Fähre kostet genau soviel wie das Schnellboot." „Ich nehme trotzdem die Fähre." Nun stellte sich heraus, dass er auch das Rückfahrtticket gleich mitzukaufen hätte, was ohne Zweifel Unsinn war. Da es aber hier nur diesen einen Verkaufsstand gab hatte Leonard keinen Verhandlungsspielraum und zahlte den betrügerischen Betrag mit gelassener

Geste, ließ sich seinen Ärger nicht anmerken. Wäre er ortskundig gewesen, hätte er gewusst, dass einige hundert Meter weiter ein anderer, der offizielle Fähranleger war. Dort hielten die seriösen Buslinien. Durch den Kauf des Rückfahrtickets würde er nach dem Besuch der Insel auch noch einen überteuerten Bus zum nächsten Ort bezahlen müssen. Leonard war sich ungefähr darüber im Klaren, aber es scherte ihn nicht. Hier war alles aus Holz und Planen zusammengezimmert worden, vor Jahren schon, und seither wurden die Dinge weder gepflegt noch gereinigt. An jedem der wenigen Verkaufsstände blitzte Verschlagenheit und Niedertracht, im günstigsten Fall Spott zwischen den lachenden Augen hervor. Alles war von einer schlamm-staubigen Schicht krimineller Niedertracht überzogen, jener Habgier der Verdorbenen, die Leonard nun, so kurz vor seinem Ziel und im Sonnenlicht, beinah romantisch erschien. Er machte einige Fotos für seine Erinnerung, „denn all dies wird bald verschwunden sein." Der Kahn, die sogenannte Fähre, auf die sein Koffer endlich geladen wurde, wirkte altersschwach. Er war der einzige Passagier, die restlicher Ladung bestand aus wenig, kleinstückiger Fracht. Leonard gefiel das. Die Fahrt war langsam, das Sing-horn gesellte sich wieder zu ihm: „Eine gute Idee, die Fähre zu nehmen." „Eine gemächliche Überfahrt macht mir mehr Freude", stimmte Leonard zu. „Mir auch. Außerdem werden wir den mißgünstigen Zufall so eher überraschen. Er achtet mehr auf die Schnellboote."

Das Boot erreichte die Insel, legte an, und Leonard

spürte eine seltsame Stimmung, sobald er mit seinem Koffer das Land betrat. Ohne dass er sagen könnte warum, war es unerfreulich an diesem Ort. Kleine Fische spielten im klaren Wasser, eine von wenigen Wolken nur verdeckte Sonne stand über den Palmen, zwei freundliche Fahrer boten ihre Bus- und Taxidienste an, und dennoch fühlte sich Leonard unwohl. Sein Körper stieß Schweiß aus, der dickflüssiger als gewöhnlich war und auf der Haut juckte, sein Herzschlag war vom Brustkorb eingeengt und die Finger seiner Hände fühlten sich plump an, zu keiner feinfühligen Arbeit mehr geeignet. Das Sing-horn ermahnte ihn: „Verhalte dich unauffällig, rede mit niemandem mehr als nötig." Sie fuhren einen guten Kilometer mit einem kleinen Bus an der Westküste entlang, an der die kleinen, bei Touristen und Wochenendausflüglern beliebten Strände lagen. Sie bezogen die Unterkunft, auf die das Sing-horn deutete. „Wir bleiben nur eine Nacht."

Nachdem Leonard geduscht hatte, fühlte er sich kaum besser; sie gingen die einzige, kleine, praktisch unbefahrene Straße entlang, auf der Suche nach einem Essenstand oder einem Restaurant, wie Leonard glaubte. Sie hielten an dem Stand eines Kokosnussverkäufers, und das Sing-horn sprach eine weitere Warnung aus: „Unterschätze den mißgünstigen Zufall nicht. Er ist alt, klein und schmächtig, aber böswillig bis ins Mark. Und voller Tücke. Lasse dich mit ihm auf keinerlei Gespräch ein! Und lenke dich nicht mit Gedankenabwägungen ab. Dort wohnt er." Das Sing-horn wies mit den Augen auf eine klapprige Hütte auf der anderen Straßenseite. „Nimm die Machete mit." Der Kokosnussverkäufer beachtete sie gar nicht, schaute durch sie hindurch, schien zu träumen an diesem Nachmittag, und Leonard ergriff das übergroße Messer, das zum Öffnen der Palmenfrüchte bereitlag. Sie gingen die wenigen Schritte zur dünnen Holztür, von der die Farbe blätterte. Mit einer ihm fast schon fremd gewordenen Entschlossenheit und ohne Zögern trat Leonard sie ein. Im Inneren des halbdunklen Raums stand ein magerer alter Mann mit freiem Oberkörper, der ungesund gelblich aussah. Die Wangen waren eingefallen und wurden von dem schmalen Schnurrbart nur noch zusammengehalten. Er öffnete den Mund, um die ungebetenen Gäste mit kleinlauten Worten milde zu Stimmen, doch das Sing-horn ließ das nicht zu, brüllte mit einer Lautstärke, die Leonard dem kleinen Tier nicht zugetraut hätte, und in einer Frequenz, die für den mißgünstigen Zufall äußerst peinigend zu sein schien: er schrie auf vor Schmerz und presste sich mit beiden Händen fest die Ohren zu. Als das Sing-horn verstummte und der alte Mann die Hände wieder sinken ließ, nutzte Leonard diesen Moment und schlug ihm mit einen einzigen Schlag den Kopf ab. Und nur um sicher zu gehen, um vollständig sicher zu gehen, hieb er ihm auch die Arme und Beine ab und zerteilte den Rumpf. All dies geschah mit großer Leichtigkeit, die aus schnellen, entschlossenen und wohlabgestimmten Bewegungen resultierte.

Sie hielten einen kurzen Moment inne, vergewisserten

sich der vollbrachten Tat und verließen die Hütte wieder. Im Freien war der Nachmittag beinah unverändert, nur die Sonne schien nun milder und ein kleiner Wind vom Meer machte die Hitze erträglich, sogar angenehm. Leonard legte die Machete zurück, sie war nicht von Blut beschmiert. Der Verkäufer sah ihn nun, grüßte freundlich, und er kaufte eine Kokosnuss, trank deren Saft, während sie am Strand spazierten. Mit einem Mal war dies ein schöner Abend. „Nun ist alles gut?" Das Singhorn sah ihn wohlwollend an: „Für den Moment: ja. Dieser mißgünstige Zufall ist beseitigt." Einige Schritte im weichen Sand, die Füße von etwas warmen Meereswasser umspült, genoß Leonard das gelassene Glück des Triumphs. Dann entstand ihm eine störende Frage: „Dieser mißgünstige Zufall? Gibt es noch andere?" Sollte etwa eine anwachsende Zahl von Prüfungen vor ihm liegen, eine niemals endende Aufgabe? „Sicher, es gibt andere mißgünstige Zufälle. Ihre Zahl ist so groß, dass sie sich nicht abschätzen läßt."

8. Der Auftraggeber

Gerade noch hatte Leonard geglaubt, die Schwierigkeiten seien überwunden, nun, nach diesen wenigen Sätzen, hatte sich sein Gesichtsausdruck umso mehr verfinstert. Das Sing-horn trat dem entgegen: Der Auftraggeber dieses mißgünstigen Zufalls kann andere mißgünstige Zufälle beauftragen, und das kann er wieder und wieder tun. Für eine kurze Weile magst du Ruhe haben, aber lange wird das nicht anhalten. Daher ist es nun nötig, dass du den Auftraggeber aufsuchst und besiegst." „Wird es schwierig sein, ihn zu finden?" „Nein, nicht wenn ich dir helfe, und ich werde dir helfen. Ich weiß wo er ist. Aber das allein reicht nicht. Vielmehr ist es wichtig, dass du ihm unter günstigen Umständen, am richtigen Ort und in guter Verfassung gegenübertrittst, nur dann hast du eine Chance gegen ihn." Leonard fand seine Zuversicht und Entschlossenheit wieder: „Dann lass uns den richtigen Ort aufsuchen." Am nächsten Morgen verließen sie die Insel.

Sie fuhren einige Tage über Land. In den Nächten saß Leonard allein in seinem Hotelzimmer. Das Sing-horn erschien immer erst am Morgen wieder. Die Zimmer waren freundlich gestrichen und das Bett neu bezogen, die Möbel neu, in jeder weiteren Unterkunft; und dennoch waren die Straßen alt, voller Risse, und die Tropen wirksam. Immer fanden Ameisen einen Weg in seinen Raum, auf die Schreibtischplatte, dahin, wo er kurz zuvor erst ein Getränk abgestellt hatte. Leonard beobachtete die Ameisen, wie sie die Tröpfchen begutachteten. Sie bewegten sich schnell, mit ruckartigen Bewegungen, stoppten an dem Tropfenrand, bewegten sich wieder plötzlich, standen still und zogen so das ganze Rund des Glasabdrucks auf der Tischplatte nach. Und obwohl er nicht ausmachen konnte, wo sie herkamen, wurden sie mehr, zogen eine schmale Linie an der Wand entlang. „Sie und ich mögen die gleichen Dinge", dachte er. Sie stiegen nicht in sein Glas, er berührte sie nicht, sie berührten ihn nicht, sie brauchten dafür kein

Abkommen. Er schaute von den Ameisen hoch, in den Spiegel, immer hing über dem Schreibtisch ein Spiegel, in jedem Raum. Er betrachtete sein Spiegelbild, betrachtete die Spuren von Sonne und Alterung, die Müdigkeit des Momentes. Er dachte über seine Absichten und Pläne nach, nur selten über das Vergangene, „denn es hat mich gemacht zu dem, der ich bin und ist damit bereits vollzogen." Es gab Nächte, da sah sein Spiegelbild frisch und jung aus, ohne dass er sich so fühlte. In dieser Nacht versuchte er sich eine Zukunft vorzustellen, die seinen Wünschen entsprach. Doch immer wenn er das Bild fast fertig eingerichtet hatte, widersprach sein Spiegelbild und formte es in eine andere Richtung. Keine schöne Zukunft schaffte es die Blüte zu entfalten, keine einzige konnte Leonard in seinen Gedanken vollendete Form werden lassen. Er sah sein Spiegelbild nachdenklich an. Dies blickte spöttisch zurück. Leonard fühlte sich nicht spöttisch. Er sagte: „Warum läßt du mich die Zukunft nicht fertig gestalten?" Es sagte: „Weil sie nicht meinen Wünschen entspricht." Leonard schenkte sich noch etwas in das Glas, versetzte die Ameisen in erwartungsfrohe Unruhe, er war schon etwas betrunken, hörte: „Deine Zukunftsideen sind unerträglich geschönt und glatt, so möchte ich nicht leben, das kann ich nicht zulassen." Leonard lachte kurz: „Das wirst du wohl müssen, denn du bist ich." Das Spiegelbild schaute ihn streng an: „Wohl kaum, bisher warst noch immer du es, der sich mir hat beugen müssen." Es verzog keine Miene und blickte ihn starr und durchdringend an. Leonard fröstelte, er sah im Spiegel das Sing-horn hinter sich stehen, spürte es sagen: „Nun stoße zu." Er hob einen spitzen Gegenstand auf und stieß ihn in einer schnellen, flüssigen Bewegung seinem Spiegelbild in die Brust. Der Spiegel erbebte aber zerbrach nicht. „Ich selbst bin es gewesen, der wieder und wieder den mißgünstigen Zufall beauftragt hat, meine eigenen Pläne zunichte zu machen!" Der Tumult des Kampfes unterbrach die Ameisen nicht in ihrer Geschäftigkeit. Sein Spiegelbild sah erschöpft und angetrunken aus, so wie es auszusehen hatte. „Warum habe ich meine eigenen Wünsche sabotiert?" Er beantwortete sich die Frage selbst: „Weil es die Wünsche anderer waren, die ich für die meinen hielt. Sie waren glatt und geschönt, entsprechen mir nicht." Er schaute sein Spiegelbild an, seine Augen fielen fast zu, er war unerträglich müde. „Geh schlafen", schlug das Sing-horn vor, Leonard nickte, stand auf, überließ Tisch und Spiegel den Ameisen, spülte sich den Mund aus und ließ sich auf das Bett fallen, schlief sofort, friedlich, bis weit in den Morgen. Als er aufwachte, saß das Sing-horn neben ihm.

9. Die Eroberung

„Was machen wir nun?" „Du hast den mißgünstigen Zufall getötet und den Auftraggeber besiegt, bist von diesen Widrigkeiten befreit. Wir könnten jetzt Yath erobern gehen." Leonard zögerte. Das Sing-horn betrachtete ihn mit großem Interesse und wiederholte: „Wir könnten jetzt Yath erobern gehen." Leonard stand auf und

schaute aus dem Fenster: „Es gibt mir zu denken, dass ich selbst es war, der den mißgünstigen Zufall beauftragt hat, wieder und wieder, mein halbes Leben lang. Was habe ich mir dabei gedacht?" Er machte eine Pause, sah auf andere Häuser, den Nachbargarten, einen Mann mit freiem Oberkörper, der ein Tuch um die Hüfte gewickelt hatte und geschälte Bananen betrachtete, die in der Sonne trockneten. „Ja, ich könnte Yath jetzt gewinnen. Zumindest würde sich mir kein ungebetener Zufall in den Weg stellen. Jedoch, ich bin mir nicht mehr sicher."
„Warum zweifelst du?" „Sie gefällt mir, und sie hätte wohl einen günstigen Einfluss auf mich. Ich jedoch passe nicht so gut zu ihr." Und er nannte einige Gründe, die dem Sing-horn einleuchteten. Es fragte nach: „Wie müsste eine Frau sein, damit ihr zueinander passt? „Sie müsste mir nicht nur gefallen, sondern auch mit meinen Zielen vereinbar sein, dürfte mich auf dem Weg dorthin nicht aufhalten. Noch besser wäre es, wenn sie mir helfen könnte, die Ziele zu erreichen." „Die Frau ist nicht das Ziel?" Leonard sah das Sing-horn irritiert an: „Natürlich ist eine Frau kein endgültiges Ziel. Wie stellst du dir das vor? Die Frau erobern und dann sterben? Das mag eine romantische Vorstellung sein - aber eine gute Zielsetzung ist es nicht." „Welches sind deine Ziele?" Leonard legte sie ihm dar und versuchte sich dabei so verständlich wie möglich auszudrücken. Das jedoch war gar nicht nötig, denn da das Sing-horn selbst keine Sprache benutzte, las es grundsätzlich zwischen den Zeilen. Das Sing-horn stand still und sah sehr friedlich aus.

„Eine Frau, die dir hilft, diese Ziele zu erreichen? Die dir hilft, diese Ziele zu erreichen, vielleicht in dem sie dir den Weg versüßt? Und können die Ziele sich ändern?" „Die Ziele werden sich wohl ändern, wie sie es schon immer getan haben: mit zunehmendem Wissen verändern sich die Ziele." Das Sing-horn fasste zusammen: „Eine Frau, die dir hilft, die Ziele zu erreichen und deren Rhythmus die fortwährende Veränderung der Ziele günstig beeinflusst." Es nickte, „das klingt sehr vernünftig, eine gute Wahl. Jetzt müssen wir diese Frau nur noch finden", und fügte als einen kleinen Scherz hinzu: „Ohne die Ziele dabei aus den Augen zu verlieren." Das Sing-horn lächelte. Es stellte sich eine angenehme Zeit vor. „Ich werde dich eine ganze Weile allein lassen. Irgendwann, in nicht allzu ferner Zukunft sehen wir uns wieder." Und Leonard stand allein in seinem Hotelzimmer.

Er verbrachte die letzten beiden Tage des Urlaubs mit Baden, schrieb eine Email an Yath. Irgendwann antwortete sie, er war schon wieder in Deutschland. Hin und wieder schrieben sie sich, unverbindlich, der Moment war verpasst, ihre Leben liefen in verschiedene Richtungen weiter.
Leonard erlebte ein gutes Jahr in Deutschland: das Wetter war milde, er vermehrte seinen Besitz, erhöhte seine Fitness und löste Gewohnheiten auf, die seinem Wohlbefinden im Weg standen. Ewa zehn Monate, nachdem er den mißgünstigen Zufall getötet hatte, flog er erneut nach Thailand, er hatte vor zwei Monate zu bleiben. Er

plante nicht, Yath zu treffen. Er suchte einige Orte auf, die er schon kannte, und zwei, die ihm noch unbekannt waren. Als er am frühen Abend einen Tempel besuchen wollte, von dem er viel Gutes gehört hatte, suchte er vor einem schnell aufziehenden Regen in einem Pavillon Schutz. Er hatte die dunklen Wolken kommen sehen und war nicht naß geworden. Die Pagode des Tempels konnte er von dort sehen, sie war kaum mehr als zweihundert Meter entfernt. Das Gewitter warf mit plötzlicher Wucht alles in Dunkelheit und ließ das Wasser augenblicklich auf den Wegen stehen. Menschen stoben auseinander. Drei Frauen suchten in dem Pavillon Schutz, unter dessen Dach Leonard saß und das Prasseln des Regens bestaunte. Die Frauen waren aus einer anderen Stadt angereist, um den Tempel aufzusuchen. Die beiden älteren würden in jeder Menschenmenge schnell übersehen werden und schienen mürrisch. Die jüngere Frau war schmucklos schön, ihre Augen leuchteten, sie sah nur den Tempel. Ihre Haare und Kleidung waren naß, sie schien es nicht zu bemerken. In ihr fand ein für die anderen nicht sichtbares Wunder statt, der Tempel würde ihr Leben verändern, ebenso wie das Wetter sich von einer Sekunde auf die andere verändert hatte. Der Donnerschlag war eigens für sie gemacht. Der Boden des Pavillon war naß, Wasser floß von den Seiten hinein. Die Unbekannte beachtete das nicht, kniete in der Nässe vor dem Wunder nieder, verbeugte sich vor der Pagode. Ihre Tanten waren von ihrem Verhalten überrascht und sahen ihr nachdenklich zu.

Leonard beobachtete die Szene und hütete sich, irgendetwas daran zu ändern. Die beiden älteren Frauen betrachteten ihn, versuchten ihn einzuschätzen. Der Regen endete nach wenigen Minuten. Die drei Frauen gingen in den Tempel, Leonard wartete eine Weile, bevor er ihnen folgte. Nachdem sie die vorgesehenen Rituale vollzogen hatten, fiel die Anspannung und die Erwartung der Reise von ihnen ab, auch auf den Gesichtern der älteren Frauen war nun eine entspannte Behaglichkeit zu sehen. Leonard ging zu den dreien und richtete einige freundliche Worte an die junge Frau. Währenddessen stand das Sing-horn neben ihm. Aber an diesem Tag bemerkte er es nicht.

Das Gericht

Jedem fällt das Gericht ein Urteil. Der gesamte Verlauf des Lebens wird abgeschätzt und danach ein Urteil gefällt. Dieses Urteil ist keineswegs gerecht. Das Gericht erhebt auch gar nicht den Anspruch, gerecht zu sein. Es schätzt die Taten des Lebens auch nur sehr flüchtig ab, es ist kaum mehr als eine grobe Vereinfachung dessen, was andere über einen behaupten. Das Gericht orientiert sich nicht an der Gerechtigkeit, sondern an der Wirklichkeit. In der Wirklichkeit hat ein machtvolles Wort weit mehr Gewicht als ein folgerichtiges. Der Schein ist Bestandteil des Seins.

Das Gericht steht nicht am Ende des Lebens. Im Gegensatz zum Jüngsten Gericht ist es nicht nur eine Metapher. Es findet tatsächlich satt, für jeden, und zwar exakt 47 Jahre und 239 weitere Tage nach der Geburt. Und auch wenn einer weiß, dass es kommt, und er sich noch so viel Mühe gibt, entgeht er dem vernichtenden Urteil nicht.

Der Kluge widerspricht. Doch natürlich nützt ihm das nichts. Er wird hingerichtet.

Der Unschuldige nimmt das Urteil an. Er allein sieht, dass Wahrheit nicht absolut ist; daher ist es ihm unmöglich, die Schuld abzuschätzen. Er ist unschuldig, doch das weiß er gar nicht mit Sicherheit zu sagen. Und da er erkennt, dass die Wirklichkeit zwar nicht gerecht, aber auch nicht absolut ist, nutzt er die Gelegenheit, das vernichtende Urteil, die ärgerliche Verleumdung, um die ganze Welt neu zu formen. Und er vollendet sie in kürzester Zeit. Am siebten Tag ruht er (es ist ein Schaltjahr). Das Gericht findet nicht in einem Gerichtssaal statt. Jemand wird dir nach 47 Jahren und 239 Tagen begegnen und ein Urteil über dich fällen. Es kann dir überall passieren, und jemand, von dem du es gar nicht vermutet hast, wird dein Richter sein. Vielleicht ist es ein Arbeitskollege, ein Freund, ein Feind, deine Ehefrau, die Geliebte, der Frisör, ein Kind, die Geschäftsführerin, ein Wartender neben dir an der Bushaltestelle, eine Losverkäuferin auf dem Jahrmarkt oder die sonst so ergebene Prostituierte. Jeder kann dein Gericht sein, überall kann dein Gericht sein. Allein der Termin steht schon fest: 47 Jahre und 239 Tage nach deiner Geburt. Das ist festgemeißelt in deiner Nabelschnur.

Vielleicht erschrickt dich die Aussicht auf ein bevorstehendes Urteil. Und du hast auch allen Grund dazu. Denn das Urteil wird vernichtend sein. Und dabei ist es vollkommen gleichgültig, was du bis dahin getan hast. Das Urteil ist vernichtend für die Guten und für die Schlechten. Denn erinnere dich: Das Gericht ist nicht gerecht. Und: Die Wahrheit ist nicht absolut.

Entscheidend für den weiteren Verlauf ist aber nicht das Urteil - auch das ist nicht absolut -, sondern deine innere Haltung, deine Kraft, die Art deiner Kraft: entscheidend ist, wie du mit dem Urteil umgehst.

Wenn ich dir einen Tipp geben darf: Nimm das Urteil an. Habe die Größe, darüber hinweg zu sehen, dass es ungerecht ist. Nimm das Urteil an und gelobe Besserung. Versichere glaubhaft, es nicht wieder zu tun. Tue das, was man dir zur Unrecht vorwirft, in der Zukunft nicht. Das erspart dir den Kerker, das erspart dir die Folter und sogar die Hinrichtung selbst. Du wirst sehen: Das Leben wird dann sehr viel leichter sein.

Inhalt

Dieses Buch
enthält zwei Erzählungen und sechs Kurzprosatexte.
Es ist verwunderlich, dass der Koloss von Rhodos oder der Pharos von Alexandria zu der Liste der sieben antiken Weltwunder gehören, die Bibliothek von Alexandria aber nicht. Die Inhalte, die in dieser Bibliothek zusammengekommen und verwoben worden sind, bestimmen das europäische Denken bis heute. **Das siebte Weltwunder**, die längste Erzählung dieses Bändchens, verzichtet auf den theoretischen Diskurs und stellt den phantastischen Anriß der Lebensgeschichte zweier Menschen in den Mittelpunkt: die von Alexander dem Großen und Zenon von Kition.
Für gewöhnlich ist der Zufall etwas Kurzlebiges, in der Manntrifft-Frau-Erzählung **Das Sing-horn** erweist er sich aber als ausgesprochen hartnäckig.

Der Autor
Henrik Woelk wurde 1968 in Reinbek geboren. Er studierte Anthropologie in Hamburg und übt seit 1998 in derselben Stadt eine überschaubare Tätigkeit für das Thalia Theater aus.
Bei verschiedenen Reisen nach Südostasien galt sein besonderes Augenmerk den Wirklichkeiten des Animismus und dem Theravada-Buddhismus.

Bisherige Veröffentlichungen
2002 Dem Meister des Maßes. Erzählungen, Kurzprosa.
2003 Die Symmetrie der Sphären. Kurzprosa, Gedichte
2004 Das Lächeln des Lichts. Erzählungen, Kurzprosa, Gedichte
2006 Die Form des Feuers. Erzählungen, Kurzprosa
2007 Die Thalia in der GAUSSSTRASSE. Fotografien, Kurzprosa
2009 Banyan-Baum. Roman
2011 Das Lichterfest der Lotusstadt. Erzählungen
2013 Das Zirpen der Zikaden. Roman
2014 Das Lächeln der Unendlichen. Erzählungen, Kurzprosa, Gedichte
2015 Das verliebte Spiegelbild. Erzählungen